生命，存在着，
就是让人热爱的。

Sunshine of Life

张大诺 著

中国青年出版社

图书在版编目（CIP）数据

光芒 / 张大诺著 ．
——北京：中国青年出版社，2015.8
ISBN 978—7—5153—3798—2
Ⅰ．①光… Ⅱ．①张…Ⅲ．①长篇小说—中国—当代
Ⅳ．① I247.5

中国版本图书馆 CIP 数据核字 (2015) 第 208984 号

责任编辑：彭明榜
书籍设计：孙初 + 林业

中国青年出版社 出版 发行
社址：北京东四 12 条 21 号
邮政编码：100708
网址：www.cyp.com.cn
编辑部电话：(010) 57350506
门市部电话： (010) 57350370
北京科信印刷有限公司印刷　　新华书店经销

710mm×1000mm　1 / 16　19.5 印张　239 千字
2015 年 11 月北京第 1 版　2015 年 11 月北京第 1 次印刷
定价：35.00 元

本书如有印装质量问题，请凭购书发票与质检部联系调换
联系电话： (010) 57350377

目录

第三部分

引子

2002年元旦。

苏诺站在窗前，看着外面的万家灯火。

黑夜之中的灯火有种缤纷的宁静。灯火之中，有些是阳台的装饰彩灯，红绿蓝紫交相闪烁，很窄的阳台变成小巧的舞台；更多的，则是屋内桔色的灯光，层层叠叠，像温暖席卷而来。

苏诺抬头望向星空，他忽然想起，有谁说过，夜晚的星星，是死去的君王在望着我们……这样一想，不自觉地，他向夜空的"深处"望去，仿佛真的有谁在看着他。

……

他就这样一直站在窗前，已经半个小时了，仍然不想离开，在已然三十岁的这一天，他想着自己——那么平常——但又"奇妙无比"的青春岁月。

最后，一句话出现在他心里：

这三十年，自己经历的一切"战斗"，都是为了什么呢？

三十岁的苏诺，很倒霉。

已经失业两个多月，花着以往的积蓄，每天有严格的"消费计划"，多花几块钱就不舒服，同时等着几个媒体的应聘回应。

看看大学的几个同学，有的当了副教授，有的有了几十万存款，有的即将升为副处长……而他，什么都不是，"小记者""小市民""小人物"，无名无钱，却有着一切具体的生活苦恼，并且似乎将如此这般终了一生。

但是，有谁知道，他的手里握着那么"奇妙"的一本书。这本书，让他在"落魄"中恍惚觉得——这个世界上，没有人比他更幸福。

那本书，购自1998年的一个下午。

1998年（苏诺26岁），某一天。

周末，苏诺来到市中心的一家书店，只是想随便逛逛……在翻看了几本书之后，他看到了《罗曼·罗兰传》（茨威格著，姜其煌译）。这本书有着火红的封面，封面上是罗曼·罗兰的头像，目光深邃，表情凝重。

苏诺把它从书架上抽了出来。

在他随意抽出的一刻，他不知道，他的一生将被彻底改变！

不，不是改变，是他恰恰找到了渴求已久的生活，那种生活携带无尽的幸福——等待在他看完此书的那一瞬间；那种幸福，膨胀得让他"无法承受"，让他在几年之后，在人生绝境中仍然可以写下一句话——"幸福，即命运"。

看着这本书，苏诺虽未激动，但知道一定要把它买回去，正是罗曼·罗兰写了文学巨著《约翰·克利斯朵夫》，并因此获得诺贝尔文学奖，而自己的大学好友张静有一次谈及《约翰·克利斯朵夫》，竟称它为一生的精神导师……

苏诺下意识地把书"抱"在怀里，走向书店付款处。

走出书店，苏诺上了一辆公交车，准备回家，车子启动，他打开这本书。

他首先看到的是序言部分，看着看着，他的心为之一动……

那是罗曼·罗兰写给作家高尔基的一封信：

"我们成年人不久将离开这个世界，我们将留给子孙的，是一份可怜的遗产，我们将留给他们十分忧郁的生活。这场荒谬的战争(第一次世界大战)便是我们道德衰竭、文化没落的明证。我们应当提醒我们的后代，各个民族都曾有过——而且现在也有——伟大的人物，高尚的心灵。您自己非常了解，在今天没人比下一代更需要我们关怀的了……"

苏诺的心一紧，他突然感到某种隐秘但重要的东西被触动了，内心仿佛进入某种气氛——往往在夜深人静、直面自己时才有的气氛，在那种气氛之下，所有念头被淡化，只有某种纯净的东西、属于生命本质的东西——在动。

很久没有人——以这样的语气——说这样的话了。

尤其那一句："留给他们十分忧郁的生活"……苏诺虽不是这样，但他知道，身边有太多的人，尤其是太多年轻人确实过着内心忧郁的生活。

他继续往下看，接下来是对罗曼·罗兰的介绍：

"罗兰从小就意识到成人才有的那种责任感，这也许是罗兰后来具有强烈个人奋斗精神的最初根源。"

"强烈个人奋斗精神"，苏诺忍不住嘟囔了一句，他预感到：这本书，肯定有让自己共鸣的东西。

"罗兰考入巴黎高等师范学校后，步入了浩瀚的知识海洋。他对哲学、生物学、逻辑学、艺术史都感兴趣。他如饥似渴，大口大口地吞饮着精神世界中的一切甘泉。"

苏诺一愣，甚至一呆，这，有点像……自己，自己大学时也是这样啊！也在进行一个浩大的工程：扫荡大学图书馆！步入浩瀚的知识海洋，扫荡式阅读各个系、各个专业的所有书籍！

苏诺把这段话又念了两遍，突然，他心无杂念了，整个心思全在这本书上了，他忍不住想：这之后，大学毕业后的罗曼·罗兰——都经历了什么？

经历了什么？

这么问，源于一种强烈的好奇：在大学和自己一样——如饥似渴吞饮精神世界甘泉的罗曼·罗兰……如何达到了日后的辉煌高度？！

这个好奇在瞬间出现，苏诺突然有些……紧张，他不敢想自己也取得罗曼·罗兰的成就，不可能，但是，他还是有点紧张，仿佛——即将要窥破某种巨大秘密似的……

是窥破巨大成就何以出现的秘密吗？

好象是!

是觉得那个秘密也许……与自己……有关吗?

好像……是。

这本书对苏诺产生了强烈诱惑!!

他心里有些乱,那是——很舒服的乱,不过,还是……乱!突然,他把这本书合上了……他对自己说:以后,要找一个合适时间,安安静静地去看后面的内容。

巨大成就何以出现的秘密,这几乎是世间最让人激动的秘密,它,真的会与苏诺有关吗?

也许……真的有关。

苏诺过的当然也是平常平凡的生活。但是,在这种生活之下,确实有一种神秘的能量、阳光能量被持续注入……

这一能量,在苏诺七岁时开始酝酿。

苏诺七岁,某一天。

"妈妈,为什么给我起了一个这么特别的名字?"

小苏诺仰着头问妈妈。

妈妈看着他,得意地说:"1972年,你出生的时候,同事们都叫着嚷着给你起名字,五花八门的,后来呀,他们一致推荐了一个名字:大野。"

"天哪!这名字多难听呀!"小苏诺顿时觉得躲过一难。

"是啊。"妈妈笑了,"我就想着给你起个特别的名字,就在这时……"

　　妈妈有意一顿，苏诺跟听评书似的睁大了眼。"妈妈看到一张报纸里有篇文章，是纪念一个美国朋友的，他的名字叫斯诺，我一想干脆就取这个'诺'字！"

　　"妈妈，斯诺是干什么的？"

　　"他是个美国记者，是一个特别优秀的人。"

　　"他有多优秀？"

　　"多优秀？……反正，全中国的人都喜欢他，而且他是全世界最著名的记者。"妈妈说完这句，拍了拍苏诺的脸，"以后你就告诉小朋友，你的名字是根据世界的大记者的名字起的！"

　　苏诺一下子很兴奋，也就在那时，他有些出神地想着什么，然后有点紧张地问："妈妈，你说，以后我也当记者，行吗？"

　　"好啊！"妈妈高兴地说，"你好好学，以后也当斯诺那样的大记者！"

　　于是，从那以后，小苏诺最喜欢别人问他的名字，有人问起，他就大声地说："我的名字是根据斯诺起的，你知道斯诺是谁吗？他是世界的大记者。"然后又补充一句，"以后我也要当世界的大记者！"

　　对小苏诺来说，平生第一次，一个充满诱惑的想法在很远的未来出现了。而他，总能越过许多东西先"看"到那里，仿佛天生的"远视眼"。有一次，很偶然地，他仰头望着天空，突然就觉得，"未来"好像就在天边那个地方，而自己的"大记者"也在那里……

　　从那以后，他总喜欢仰着脸去看天空……

　　再到后来，他又觉得，天上好像有一个宫殿，装着与"记者"有关的各种想法，每一天，他都要从人群里跑出来，再"飞"起来，飞到只有他能进的宫殿里，随便"玩"点什么，想点什么……

终于，某一天，他觉得有种热呼呼的东西从天上传了下来，注入他的心里，陪伴他每一天，让他的每一天都有那么一点点兴奋……

有一次，苏诺的学校举办了一个活动，一个报社的记者来采访，苏诺就紧盯着他看，并且着急地盼着记者赶快转过身去。记者转身之后，苏诺就想着，那个背影就是自己，长大的自己……

当了"大记者"的自己。

长大的叫苏诺的记者，会是什么样？

苏诺22岁，大学刚毕业。

大学毕业的苏诺到省城一家很有名的公司上班，编这个公司的内部通讯。

他的办公室在这家公司的三楼，在最里面的一个角落，是把原来很宽的走廊隔出一个小屋，门口也没有"通讯"的标识。从这些，苏诺就知道自己工作的地位。

通讯的主管是公司公关部王主任（他是兼管），他很干练，四十多岁，说话没有废字（不仅仅是没废话），做事有规律，桌面上的东西总是很规范。

苏诺刚来的时候，王主任找他谈话……王主任坐在椅子上，身子前倾，两手交叉放在桌上，苏诺坐在旁边低许多的沙发上，仰头聆听。

五六分钟内，王主任的姿势没有一点变化，包括手的位置。

有一点点压迫的意味。

交谈时，苏诺和王主任有过直接的对视，苏诺微笑着，王主任始终很严肃，苏诺嘴边的笑容一点点褪去。

离开王主任的办公室，苏诺觉得刚才背个很沉的东西，现在放下了。

苏诺真正的同事是刘姐（只有这一个同事），刘姐三十出头，个不高，圆脸，小眼睛，说话不紧不慢，坐在椅子上很快将身体蜷缩下去，仿佛一直在找舒服的姿势，她刚生了个儿子，脸上有着难抑的喜悦。

上班十多天后的一个下午，苏诺开始写稿，他知道第一篇稿子对他很重要，因此写得非常用心。一个多小时后，他写累了，抬头向窗外看，看见天上大朵大朵的云飘着，忍不住又多看了几眼，忽然，他想到了什么……

他想起了一个人——鲁迅。

噢，不，是想起大学里写"鲁迅论文"的那些日子。

那十几天里，他也经常在写累的时候向天上看，看天上的云；那十几天里，他全身心体悟着鲁迅的精神世界，还有那忧国忧民的情怀，并为之深深感动……他还想着，毕业以后，要做许多对这个世界有用的事；还想着，做得多了，做得久了，也许，会对世界有那么一点点很"明显"的贡献。

但现在……

工作如此平常，生活如此平常、如此……无所谓有用没用。企业里也没人重视这个通讯，他曾经听到一个员工半开玩笑地说："你们这个通讯，应该把墨调得淡一点，这样，拿它包东西，就不会把东西弄黑了。"

……

出了一会儿神，苏诺提醒自己，不再琢磨这些事情了，半年之内，什么也不想，先站住脚，让父母安心吧。

不过，三个多月以后，对于现在的工作，他有点干烦了……而他并不知道的，这种"烦"只是一个开始，之后，一个个"烦乱打击"将接踵而至，并准备将积累了十几年阳光力量的他一口吞掉……

七岁时的快乐憧憬，二十二岁时的平庸工作，二十六岁时的《罗曼·罗兰传》，以上三个时刻对苏诺来说至关重要，它们是苏诺三个人生阶段的特别起点，苏诺从这些时刻出发，不自觉地——去丰富内心中隐秘的阳光力量；去对抗生命中固有的毁灭元素；去面对生活中"屡战屡败"的人生困境。

其结果，要么被各种折磨彻底摧毁，要么，迎来无数"苏诺"式的对于生活的胜利，当然，还有另外一种几乎不可能的可能——

带着被激发出的无比强大的能量，如罗曼·罗兰一样，踏上为人类创造伟大成就的光辉之路。

第一部分

第一章　学生时代

那个女孩

有了记者梦的小苏诺一天天长大了，上小学，读初中，努力学习，准备考取重点高中……在这个过程中，他对于记者梦的"想象"也越发具体，比如，下面这个情景就经常出现：

拿出一个记者证，对某个人说：你好，我是记者……

而这个情景还有许多变化，如果是夏天，他是穿着短袖拿出记者证的；如果是冬天，记者证就放在羽绒服的兜里；递上记者证的时候，有时速度很快，就想让对方快点——惊讶；有时候就特别缓慢，就想让对方更加惊讶……而看着他拿记者证的人，有时候是年轻人，有时候是中年人，他们的表情都充满了……敬意。

有意思的是，这些人中确实没有老年人和小孩，似乎给老人和小孩递上记者证，自己就不是那么的……神气。

在无数次这样的想象中，"当记者"这一愿望近于常识地出现在心里，最后，终于成为……理想。

一个少年，把某个目标变成理想，这个过程非常有趣——想起那个目标，就很快乐，这种快乐又夹杂着丰富的想象力，于是，快乐变成"快乐万花筒"，开始有了各种变化，直至有了梦幻和迷幻味道，让人迷恋……不知不觉间，那个目标开始扎根，越扎越深，直到某一天，它仿佛天生的一样，与生俱来，不可更改。

16岁的时候，苏诺成功考取了本市的重点高中。在高手云集的重点高中，他的成绩不再拔尖，只是中等水平，于是，他的记者梦又开始和现实融合：不太敢想考取名牌大学，毕竟，在这个北方小城，考入北京或者上海的学生并不多，那就考取省会的高校，而选择的专业——当然是新闻系！一定是新闻系！！必须是新闻系！！！一旦毕业了，就在某个城市做一个记者，一个非常非常出色的记者。

后来，发生了一件事情，改变了以上既定的轨迹。

他——"早恋"了。

早恋的故事可以用以下情景串连起来——

高一结束后的暑假里，全校的班级干部去北京参加夏令营活动。在火车上，有两个女生坐在苏诺的对面，她们很认真地在打着字谜，当一个清秀的女孩想着答案时，苏诺脱口说出了谜底……后来三人开始聊天，但清秀女孩的话并不多。

上了高二，某一天，苏诺在教室向楼下看时，一眼看见那个清秀女孩正在操场上和同学说笑着，苏诺突然觉得她——很漂亮。

三天后，中午放学时，苏诺好像被什么牵引着，他朝着与家相反的方向走着，那是——女孩回家的路。

女孩和三个女生在一起走，苏诺在后面静静走着，他什么也不说，什么也不敢说，只是远远走在后面。他只想多看女孩几眼，哪怕只是背影……就这样一直走了两站地，然后回头——坐公共汽车回家。

他静静走了五天，中午放学铃一响，就觉得心里扑扑地跳。

第六天，女孩仍和三个女生在前面走，苏诺走在后面不远处，突然，女孩一个停步，从三人中脱身出来，然后一回头——

对苏诺笑了一下。

……

苏诺木在那里！

木了十几秒钟没动地方！

再走时，苏诺觉得自己是块木头，脚下轻飘飘的，身体硬邦邦的……

这之后，每隔两三天，女孩就找个机会回头对苏诺笑一下，而苏诺也敢轻轻地点一下头了。

后来，在苏诺生日那天，他突然收到女孩写给他的信！并且是祝他生日快乐！不过，再具体看信的内容，语气还是像普通朋友一样，最后还祝他考上理想的大学……

但是，苏诺却想象着女孩在之前偷偷打听他的生日……这么想时，心里有什么在一漾一漾着……

……

再后来，苏诺找到了和她"见面"的新方法，两人的班级恰好在走廊的两头，两人只是偶尔在课间邂逅，就有了一种默契。每天，第三节下课的课间，两人分别往对方的班级走，在走廊中间相遇，有意无意看一眼，擦肩而过……

对于这种交往方式，苏诺很满足，他一时不会（或许是不敢）再有什么举动。但是，就在一个周日，他竟然和女孩在大街上相遇了。

那天上午，苏诺刚从一个商场出来，走了几步，突然看见一个人……

是她！

天哪，竟然是她！

苏诺一呆，站在那儿没动地方，她的脸腾地一红（以前侧身回笑时她的脸并不红）。

苏诺还是没有动（他怎么动呢？），她慢慢地转身（是苏诺觉得慢吧），慢慢地走……

苏诺走在她的后面……

她去的方向，是一个汽车总站。

她一直没回头，没再对苏诺笑，但苏诺仍然觉得自己是……一块木头，脚下轻飘飘的，身体硬邦邦的……

她上了一辆公交车，在后门。

苏诺的心怦怦乱跳，他有些紧张，因为他想，很想，非常想在后门上车，就站在她的……身边。

这个想法让他紧张极了。

……

车子启动了，苏诺本能地向车子跑去，一个箭步上了……

前门。

他不敢，不敢这么快就去面对那种气氛。

车子开了……他用眼角的余光开始寻找，找她……

"买票"！

售票员对他说。

他掏出两块钱。

"去哪？"售票员问。

是啊！去哪呢？她要去哪呢？

"去哪？"

"终点！"苏诺说。

车子平稳地开着，苏诺用眼角余光能看见她的侧脸，她向窗外看着，并不看苏诺，但有人在她身边下车时，一挤一动之间她会侧一下头，目光在苏诺的上方一扫，稍一落下立刻收回。

车子一站站开着，苏诺的心里也冒出一些念头："我们在一个车上了……只要我有勇气，我就可以挤到她身边……我没这勇气，但仅这么想就很快乐呀。"

再看她，她一直看着窗外，头几乎一动不动，苏诺"大胆"地用眼角余光看她的侧脸……人又多了，又挤了，她又微侧着身子……她的目光又扫过来了……

"多想，多想迎上去呀，两人目光一对……"

苏诺手心出汗了。

后来，每次快到站时，她都要往苏诺这看一眼。"她是怕我下车吗？"苏诺心一动，车子停了，苏诺故意往车的里面挤了挤，挤出她的视线……车又开了，苏诺忙向外一踏步，大胆地向她望去，而她……正向车下张望、寻找……

苏诺有些看呆了。

她一转头，苏诺的目光收不回来了，也不想收了。她的脸一红，苏诺的心一抖。她把头一板，一动不动。苏诺笑了，不知为何笑了……他觉得，身体轻飘飘的，飘走了，飘向哪了？

……

大概是六七站的样子，她下车了……苏诺没有跟着下车，他的身体有些硬，但他觉得自己的表现还算从容……从容看着她下车，看着她站在站台上，看着她也从容地向车上看。苏诺想笑一下，但不敢，只是冲她点点头，而她，甜甜地笑了……

车开了，苏诺回望着她的方向，距离很远，仍然"看"得清她的笑容。

后来，苏诺听说她数学学得不好，就给她写了一封信。在信里，主要还是介绍一些学习方法，另外还列了一个学习计划和进度表，供她参考。不久，他收到她的回信，开头结尾都感谢那个方法，全文谈的仍然是学习，以及——鼓励他考上好大学，做一个记者（苏诺心一动，她居然知道自己要当记者！）。

苏诺沉浸、沉醉在这种朦胧的情感里。但是有一天，女孩突然"不见"了。

"主宰"世界

是的，不见了。

有许多天，她不在课间的固定时间出现，苏诺有点等不及了，直接来到她的班级，想……看一看她。

透过开着的教室门，苏诺真的看到她了！她坐在教室中间一个座位上，正和前面的女生说着什么，还兴高采烈的，苏诺想让她看到自己，站在门口不走，甚至咳嗽了一声，但她一直没向门口看，苏诺只好悻悻离去。

之后的一周内，她仍然没有在走廊与苏诺"邂逅"。

再后来，苏诺惊讶地听说：她转学了，去了另一所重点高中……

苏诺一直想听她的解释，他觉得她会给自己写一封信，就天天盼着信来，发信的女同学一进教室，苏诺就盯着她看，她被看得有点发毛，每次都主动告诉苏诺没有信……

始终没有信件。

苏诺索性去了她的新学校，不为别的，哪怕只是看到她"看自己"的表情，也可以！

苏诺特意选择了学校晚饭的时间，在食堂旁边的一个车棚边等着，苦等了半个多小时后，他真的看见了她！她和两个女生走了过来……

看见苏诺，她一愣。苏诺冲她点点头，笑一笑。她却一低头，始终低着头，从苏诺身旁走过去。苏诺心一紧，不是失望，而是突然有了一种期待，他等着，等着她回头，等着她从两个女生中间一退步，回头对他——嫣然一笑。

女孩走出很远，没回头，但苏诺却越发相信她将回头，甚至于，她们进了食堂后，苏诺仍觉得女孩还能很快地……一个人退出来……

但是没有……

苏诺在犹豫，要不要等女孩吃完晚饭出来。最终，他决定不等了，他突然有点害怕，说不清怕什么，又好像知道怕什么……

几天之后，苏诺收到了女孩的来信，信上只有一句话："让我们……划个句号吧。"

苏诺不知道发生了什么事，写信问，没有回信；再写信，还是没有回信。

半个多月过去了，她来了一封信，上面写着："我不想再见到你的信，你也不要来找我……有一个男生对我很好。"

接到这封信，苏诺有点相信了：一切都结束了。

在这次交往中，两人几乎没说过话，也从未单独呆在一起，而结束也是这么无声无息……

整整一天，苏诺在想着是什么让自己不如那个男生，最后得出一个结论：她肯定认为自己长得太黑了，而且有些瘦。

是的，苏诺虽然长得还算精神，但他有点黑有点瘦。

这个理由后来想来很可笑，但在当时，这是苏诺唯一能找到的理由，也是他无法改变的理由，他还想着自己诸如"黑吉普"等等不好听的外号。

"想明白"这点后，最重要的，在知道无法挽回后，第二天，中午一放学，苏诺走出校门，离开了同行的同学，也不坐公交车，自己一个人……往家里走。

步行，往家里走……

那封信在他脑中闪现着："我不想再见到你的信……有一个男生对我很好。"苏诺的脑中，一会儿是空白，一会儿是这两句话，一会儿又是空白。

他低着头走着，眼睛看着脚前半米的地方，凭着本能躲避着要撞上的行人。

"我们之间划个句号吧！"

"划吧……那就划吧。"

苏诺的心狠狠地一沉，好像被这话踢了一脚。

他不知道自己走了多久，直到某一刻一抬头，天哪！到家了……他居然一口气走了八站地。八站地，坐公共汽车也得半小时，走起来却这么……容易。

接下来一个月内，苏诺好像并不悲伤，只是有点精神恍惚，每天若有所思，又不知道在想什么。他对许多事情都失去了兴趣，包括学习。有的时候，他觉得自己是为了忘记痛苦才学习的，对学习就更加抵触；再到后来，即便想起做记者的梦想时，都觉得无所谓了。

又过了半个多月，某个周一的早晨，在上早自习的时候，苏诺特意想了想这个事情，觉得好像没有那么痛苦了，不过心底有种隐痛，这隐痛又好像永远无法消除似的，这种感觉让人很沮丧……

而就在这时，有一句话在心中出现了：

"我要让她后悔！"

紧接着，一句完整的话冒了出来："我一定要让她后悔，让她知道她错过一个多么——优秀的人"

"错过了一个多么优秀多么优秀多么优秀的人！"

这话让苏诺有点振奋，脑子里面，还出现了自己取得成绩而她后悔的情景，甚至，她——回心转意了……

　　迅速地，苏诺把"回心转意"的想象推到一边，开始集中精神去想："我一定要成为许多人都特佩服的人，让她知道我的事情之后特别惊讶，然后……有点后悔，特别后悔，对，就这样……就这样！"

　　刹那间，苏诺觉得那顽固的"隐痛"也松动了……这种松动让他有点兴奋，他立刻又把那句话想了很多很多遍：

　　"她后悔了，错过了多么优秀的一个人……"

　　之后，他抬头看了一眼班上的同学，做了一个决定：下一次考试，考到全班前五名去。

　　几乎就在下一秒，这个决定又变了，变成：

　　要考就考全班第一！

　　是的，要考就考全班第一！

　　成绩中等的他以前从未这么想过，但现在吃多少苦也得考上！并且，在这种冲动之下，他第一次觉得那叫什么苦呀，无非是谁也不理地拼了命地、玩了命地学呗！

　　而且，不仅在这个班考第一，还要考进全市文科前二十名，让她得知这个消息后真真正正大吃一惊：苏诺竟然这么厉害。

　　对，就这样！

　　苏诺竟然这么厉害？！

　　全市文科前二十名！

　　全市文科前二十名！！

　　天哪……

　　甚至于，名次还可以再往前……一点点？

这一刻，苏诺觉得心里有股劲一直在往上冲，这股劲如此猛烈，几乎刚感觉到它，就被它顶到一个高处。在那里，苏诺俯看此时的自己，俯看身边的同学，一种类似"主宰"什么的感觉随之出现。是的，主宰！主宰自己的名次，主宰自己的成绩，主宰自己的未来，主宰她的——"后悔时刻"……所有这一切，都将出现，必将出现！自己几乎无所不能！在那个高处，苏诺依稀听到一种风声，呼呼的风声，像是某种庞大的力量在纵横驰骋……

平生第一次，苏诺体会到了极致冲动下的极致力量，这种感觉如此美好，让他隐隐觉得：这种感觉，好像比要实现的目标还要好！

苏诺并不知道，一个人，一旦感受到了某种接近"峰值"的内心能量，就必须寻找机会释放这些能量。毕竟，这一能量本身，以及释放的整个过程，都具有强大的吸引力，让人无法抗拒！仿佛，目光曾到某个高度，恍惚间，自己就已经站到那里，激情与欢乐就提前定格在那里，一切不可更改……即便回到现实中，也是必然、必须乃至命运驱使般，只能向那里奋力前行，直到真的——把一切全部实现！

第一名！

苏诺开始拼命了，而老天也很钟爱"先倒霉后拼命"的人。在几次小考成绩不断向前之后，在一次大考之后，苏诺迎来了这样一个下午……

下午第三节课是自习课，班主任走上讲台，对同学说："现在公布一下这次考试的语文成绩。"

苏诺陡然紧张起来……

其他科目的成绩都已公布，它们的总分已经算好，写在一张纸上，放在文具盒里，纸条上还有一个总分，是同班另一名男生王哲的。

两人在争这次考试的第一名。

不知为何，苏诺觉得脖子有点热，好像王哲在后面看他，他一回头，发现王哲确实在看他！而且手里还捏了支笔，在手里乱摆着，旁边有几页纸……

苏诺觉得那上面有自己的分数。

老师开始读分了，苏诺的心提了起来，而一些念头也不受他的控制了，"也许，全班第一名……也许，全班第一名……"

"107分！"天哪，王哲的分出来了！

苏诺几乎没反应过来，"得多少分夺第一"的计算也没开始，自己的分数就从老师嘴里说出来，弹到他眼前：109分！

立刻，苏诺也被什么东西弹了上去，在"高空"上他心里发颤地说着：赢了，超了三分，总分超了三分！第一名，真是第一名！

念了这么多年的书，第一次——夺得第一名……

已在"高空"的他继续向上"飞"，带着让人目眩的……狂喜！他战胜了王哲，这个长期"霸占"第一名的同学。现在，自己是全班第一名了！而且，的确，平生、这辈子，第一次－－夺得第一名！

……

也不知过了多久，也许只是十几秒钟，苏诺回到了现实世界，"落地"了，他又轻轻地、稳稳地对自己说了一句：

"现在，你是第一名了。"

这时，好像只是一种本能，他回头去看王哲，王哲抬着头，目光方向就是苏诺，两人目光一对……

王哲看着他，没有任何表情，只是看着，而苏诺也不服软地对视着……五六秒钟后，王哲眼神有些黯然，低下头，看他的书了。

苏诺转过头，心里的感觉有一些复杂，然后很快的就又"单纯"了，同时，一个更"单纯"的声音再次传来：

从现在起，你就是全班第一名了！

第一名！

这种感觉好极了！

早晨起来，可愿意去学校了，一进教室就有莫名的兴奋，并且知道，在很长时间内，这种兴奋天天都有。而且同学们，尤其是女同学对你那么信任，不只是学习上，其他事也愿意找你！

心中再次出现那个美丽憧憬：成为全市文科前二十名。有意思的是，想那个目标时，苏诺还用目光扫了"前五名"一下，只一下，他的心就一抖……一旦进入全市前20名，就真的该为冲进前五名努力了！

前五名……

天哪！！

那时的激动又将是冲进前20名的好几倍！

未来，一下变成了一场接力赛，山呼海啸之中，自己的队员一棒比一棒快！一棒比一棒让人激动！！直到最后冲线之时，仿佛全世界都在为你欢呼……而这样激动人心的未来，不是几十秒，而是一年多啊，一年多啊，一直都是这种感觉！每天每分每秒都是这种感觉！噢，那种生活太棒了，苏诺甚至想到了一句话：所有的日子都来吧，让我编织你们！！因为，编织你们，就是编织激动与欢乐呀！

奇妙之夜

十几天后的一个晚上，苏诺和一些同学在教室里上晚自习，外面下着小雨……

雨停的时候，苏诺来到窗边，向外看着，还做了几个深呼吸，而就在这时，有个念头在心中闪了一下，他的心一动，随即把这个念头"特意"想了一遍：

"到外面散散步……再想想……自己的未来。"

是啊，好好想一想自己的未来，自己，还从来没有——非常正式地想过未来呢，都是些零星的想法，应该把它们都放在一起，想得再具体些，再清晰些，再让自己……激动些……

苏诺走出教室，下楼，向操场走去，快步走去、跑去……

不知为何，他觉得自己在跑向一个舞台。

来到操场的一角，他在一栋楼的侧墙站住，靠着墙，然后——闭上了眼睛。

像是某种仪式的开始……

……

十几秒钟后，他睁开眼睛，抬头望向天，望向最远最远的天际，一如之前无数次向往记者梦的样子……心中，一个声音说着："苏诺，想吧，想吧，大胆想，将来——什么样？"

记者，当然是记者，未来的他必将是个记者，像斯诺那样，做一个大记者！

什么是大记者？

一句话冲出来："做中国最好的记者！"

太棒了，中国最好的记者！

憧憬在继续，激动在继续：那就必须考上中国最好的大学，读全国最好的新闻系！并且，一旦考上那所大学，就在四年里作最大的拼搏！珍惜每一天的学习时间，是的，每一天！甚至，入学办手续的那一天，毕业离开前的最后一个夜晚，自己都在学习！一分钟都没有浪费！！

因为——要做中国最好的记者！

毕业之后，在为梦想正式拼搏的五到十年中，每一天都热情洋溢，每一天都激动不已，因为，总有新的高度在吸引自己，总有新的计划在鼓舞自己，能力永远在提升，甚至，这个月的能力就比上个月进步巨大，然后，无论何时，一看到远方，就直接看见梦想实现的时刻！让自己狂喜的辉煌时刻！就更加知道——

从现在开始，每一天的努力都是值得的！都是最最值得的！

这样的日子如果过上十年，又怎能不过上一辈子？

这样的感觉如果持续十年，又怎能不持续一辈子？

这样的激动如果持续十年，又怎能不保持一辈子？

平生第一次，"整个一生"在苏诺心里呈现火热状态。

是的，"整个一生"——呈现火热状态！

而他，刚刚体会到这种状态，就在心里大喊了一句："一定要过那种生活，必须过那种生活！永远过那种生活！一生一世，都是火热的生活！"

"一生一世，都是火热的生活！"

这句话刚刚出现，瞬间成为——信念，一生的信念！

宏大的目标，激情的未来，永远的朝气蓬勃，永远的活力四射，世上没有一个少年能够拒绝这样的生活，它几乎是这个少年第一次——真正意义的——对生命"自身"的爱恋。

苏诺，在18岁，拥有了这份爱恋。

18岁的苏诺尚不知道这个夜晚对他的意义。

他不知道，一个人在生命中将遭遇太多萎顿、疲倦乃至空虚的时刻，而这个夜晚是他一生阳光力量的爆发点，是一粒种向未来的"阳光"种子，这粒种子将继续壮大，并以强大力量见证一个事实——折磨成千上万人，并使他们生命变得灰暗的东西，将在苏诺身上无数次出现，并且无数次……成为灰烬。

第二章　工作

没见过这样的女孩

被工作弄烦的苏诺，继续"兢兢业业"地工作着，甚至，还得到了领导的表扬，他也逐渐适应这种状态——不同于学生时代的状态：做并不特别喜欢的事情，比做喜欢的事情更加认真，拥有被认可之后的小虚荣和小快乐，这样，似乎也挺好……

这天上午，苏诺正在办公室写稿，突然接到一个电话，天哪，是大学最好的朋友张静打来的，是张静从上海读研的大学打来的！

苏诺握着电话一个劲地"惊叹"，张静在那边嘻嘻地笑，两人一分钟内没蹦出几个字。最后，还是张静说了："打这电话是有事……求你。"

"求你"两个字刚说完，她就语气一严："你必须做好！"

苏诺笑了。

Sunshine of Life

苏诺说："先不说你的事，你先别吱声，让我听听。"

"听什么？"

"听听你周围的声音，想象一下，你在学校什么样。"这话苏诺随口就说出来了，电话那头，张静没吱声，过了一会，她说："真希望你也在这。"

两人沉默了几秒钟。

苏诺说："说吧，什么事？"

"是这么回事，你还记得王雨吗？咱们的师妹，那次在校园餐厅你不撞见我俩吃饭吗，你还赖着吃一顿呢……想起来了？她这回要考新闻双学位，来信问我考试的事，你考过，你有发言权，你去看她一下，给她出出主意，她挺内向的，什么也不懂……"

"就是那次吃饭几乎一句话也没说的女生？"

"对。"

苏诺突然想逗逗张静："你不是以此为幌子，给我介绍（女朋友）……啊？"

"别胡说，人家可是好孩子，真的，你帮帮她，你和她接触几次就知道，她这人挺有意思，有点笨嘴拙舌的，但……总之挺好"。

"你放心，这周六我就过去。对了，她知道我吗？"

"知道，我早给她打过电话了，我告诉她，你就等着苏诺吧。我让他去，他敢不去？"

苏诺喜欢这句话！

张静顿了一下说："我打电话，还想告诉你，寒假我回不去了。"

"啊！"

"我父母要到上海来，到我亲戚家过年，我们就在这团圆了……对了，苏诺，你是不是遇到什么事了？你的信也少了。"

"有……"

"什么事？"

"你回不来了。"

张静笑了。

苏诺说："行啊，不回就不回吧，作为补偿，你再给我写封信吧，多说点研究生的事情，还是那句话，先查页数，少于四页不看。"

"行！"

张静告诉苏诺王雨的寝室号，两人又说了几句话，张静就撂了电话，而苏诺坐在那，又愣了一会神，脑子里真的忍不住……想着张静正在那个校园走着的样子，还有她身旁……"模模糊糊"的建筑……

周六的晚上，苏诺回大学母校去找王雨，到了王雨的寝室，敲门，王雨不在，屋内只有一个女生，她说王雨到学校舞厅跳舞去了。不过她很热情，听苏诺说有事，就说："我去舞场把她找回来吧。"

苏诺念头一动："不用，我和你一起去吧。"

"怎么？"

"好久没在学校跳舞了，突然有点想了。"

女生笑了："那就走吧。"

两人进了舞场，里面正放一曲disco舞曲，苏诺觉得脚下痒痒的，不自觉踩着节奏走着，还特意立起脚尖，来了一个滑步。

一直走到舞厅最里面，顺着女生指的方向，他看见了王雨。

舞厅最里面的长椅上，一个长得很白也挺好看的女孩独自坐着，怀里抱着两件外套，旁边还有两件衣服，很显然，她正给别人"看堆儿"呢，她好像很高兴，乐呵呵地看着别人跳舞。

苏诺和女生走过去。苏诺伸出手向王雨问好，做了自我介绍，王雨明显一愣，甚至有点……慌张。她站起来，怀里的衣服掉在地上，赶紧拣起来，脸也涨得通红，握着苏诺的手说："你……你来得真快。"

她只看了苏诺一眼，就目光"游离"了，然后低着头说："咱们走吧。"

"你不跳了？" 苏诺问。

"我，我不会跳。"

"人家可是想来跳舞的。"同行的女生提醒着。

"那，那……"王雨不知说什么好了。

"那我就请你跳一曲吧。"苏诺说。

"那……"

"那好吧。"苏诺替她说着。

"那好吧。"王雨点了点头。

一曲慢四开始，苏诺拉着王雨的手走进舞池，王雨始终半低着头，后来索性全低下了，苏诺只能看着她的"刘海儿"，苏诺笑道："我怎么觉得把你吓着了。"

王雨抬头迅速看了一眼苏诺，低头说："我太不应该跳舞了，信里口口声声说要考双学位，还把你大老远麻烦来，可我……却在跳舞。"

"是在看别人跳舞。"苏诺纠正着，"我这次来是想问问大概的情况，过两天再给你送几本书。"

"不用，不用，还是我去取。"

"张静让我送来，我必须得送来，她的话我可不敢不听。"

王雨说："那……"

苏诺心念一动，说："那好吧。"

"那……好吧。"

苏诺笑了，王雨也笑了，而苏诺的心一动，他发现，王雨笑的时候——很好看，嘴边笑意淡淡的，眼里笑意浓浓的……

几天后，苏诺给王雨打电话："明天晚上，我给你带几本书，大概六点半到。"随后又补充了一句，"不许说麻烦你了。"

王雨笑了："本来我就嘴笨，你还不让我说话，明天你也别着急，我一晚上都在寝室。"

当苏诺到了王雨寝室时，发现真的只有她一个人，一问，其她同学都上自习去了。王雨把苏诺的书放在床上，放的时候又很认真地把边码齐，转过身说了一句："你吃苹果吗？"

"啊？什么？"

"我给你削苹果吃吧！"提到苹果她忽然很高兴，眉毛也扬着，然后把手伸到床边一个袋子里翻着——

苏诺有个预感……

果然，这苹果特大。

她坐下来，低头削着苹果，削得很认真，苏诺说什么，她只是简单答应着，而苏诺也就大胆地看她的"长相"……她当然不是惊艳那种，但属于越看越好看的类型，典型的淑女长相，长发及肩，五官标致适中，皮肤白皙，要是梳个发髻，带上簪子，就有点像古代的仕女，连表情都像，有点怯怯的。

削完苹果，她一抬头，满眼笑盈盈的："给你。"

苏诺接过来，大口吃着，问："你是不是一会儿也上自习？"

"我从来不去，晚上就在寝室呆着。"

"呆一个晚上？那……你几个小时怎么熬啊？"

"怎么是'熬'呢？我很快乐呀！"王雨目光闪动，"我看书，听歌，还有……"她有些犹豫，"有时候就睡着了……"

苏诺笑了。

"那怎么想到去跳舞的？"

"别提跳舞了，我后悔死了，我再也不去了！"王雨声音高高的，有点急。

"怎么啦？"

"全是她们(室友)闹的，吓唬我说我性格太闷，而且不会跳舞，以后找工作都找不到，逼着我学。我一进去就想出来，她们不让我走。我……我就怕别人请我跳……我对自己说，闭上眼睛，闭上眼睛装睡着了，就没人请你了，要不就说是给朋友看衣服的，我还把那衣服抱在怀里，证明给人看……结果你就直勾勾走过来了……"

苏诺大声抗议："用词严重不当，怎么是直勾勾？"

王雨连忙笑着摆手："对不起，是……是直接地走过来，而且你居然直……"

"不许说直勾勾！"苏诺立刻提醒。

王雨笑了："你居然直接向我问好，我以为你下周才来……我……我都不敢看你，满嘴说着考双学位，却……在跳舞……"她的声音越来越小。

说到这，她好像想到了什么，嘟囔了一句："今天我怎么这么能说？"

苏诺没想到她能冒出这么一句，而王雨的脸又红了。看着王雨这个样子，苏诺觉得她挺……反正挺有意思，以前没接触过这样的女孩。

这之后，两人讨论了一下考双学位的事情，这时候苏诺才知道王雨的英语不错，六级过了70分，还是有一定优势的。

又聊了一会儿，苏诺起身告辞，并说过几周再来看她，临走时他问了一句："对了，我还受欢迎吧？"

王雨快速说道："当然欢迎！不过，我这人挺闷的，也不会说话，你要是不介意，就常来……"

世界静止了

苏诺的这份工作，又干了一段时间之后，他终于有点受不了了。

每天来到公司，往那一坐，看着这些没有创造性的工作，根本提不起精神，并且可以想见，以后的日子，天天就是这样了……

在以上的感觉中，世界也变了样子，打个比方，就好像——整个世界，由一万公里变成十几公里；内心的活力，由天地大小变成一个屋子大小；对未来的想象，由无边无际变成几个念头蹦来蹦去：工作、恋爱、结婚……

其实，在平日里，苏诺的心情也不错，有时和王部长、刘姐聊天——也笑得直不起腰来，但那些笑声没有变成心底的快乐，那种……能让一天有点"重量"的快乐，有时想想，因为什么事笑的也记不清了。一天忙忙活活，下班时间一到，八个小时就……飘走了，不再属于自己，或者说，从未属于自己。

这样的日子，过一天，就彻底消失一天。

许多次，苏诺来到走廊，在旁边没有人的时候，抬头去看窗外的天

Sunshine of Life

空，然后让自己一点点"恍惚"起来，恍惚觉得此时是站在大学主楼的走廊里——"看"着校园的天空，天空的下面，是图书馆，是自习楼，是走在路上充实快乐的自己……以及，那几乎每个"小时""每分钟"都有收获的日子！

回到现实，有什么东西……静止了，办公室，办公楼，甚至整个世界都滞住了。

有一天，他想着既定的目标（明年复习考研，后年考取新闻研究生），以及为此"拼命努力"的样子，突然觉得……有点累，心里有了本能的抵触情绪。

立刻地，他的心一惊，怎么会这样？既不喜欢现在，又懒得去改变？！

当天，在下班之后，苏诺没有走，关上了门，关掉了灯，陷进椅子里，把腿架到桌子上……

他要好好想一想。

他知道，再这样下去，就不是能否考上研究生的问题，而是最宝贵的——奋斗"状态"要出问题……以后，他的生活，会不会……总是……松松垮垮的？

腿一放，坐直身子，苏诺心里出现一个声音：不再等到明年，从"明天"起，就开始复习考研！为梦想再次拼一把！

只一瞬间，苏诺觉得自己"精神"了，并且，不自觉地——笑了，而这让他有点惊讶，之前那么多的烦躁与无聊，那么多的困乏松懈，现在竟然踪迹全无，好像面前的一座大山竟然是纸糊的，一捅就破了，而自己什么也没做，只是做了决定，一个"从明天起，为梦想再拼一把"

的决定啊。

苏诺不知道，多数情况下，梦想的力量确实不像"痛苦的杀伤力"那样明显，但是，它一旦运行起来，就不是小股的力量，而是直接以集团军的方式浩荡而来，并在瞬间将各种烦乱痛苦击溃……

只一秒种，所有力量全部汇集；只一秒种，所有状态全部回归；只一秒种，所有快乐重新获取……近乎神奇的一秒种，仿佛精神领域的地狱天堂，一秒钟，即可跨越。

苏诺开始偷着复习考研了。是的，偷着，像做贼一样。

他在心中对公司说了一百遍"对不起"，然后自我"保证"着："我肯定不会耽误工作！"

他把考研书放在抽屉里，部长不在这个办公室，他就猛看一阵。一天下来，记住一些知识点，就觉得这一天没有白过……

有种感觉很重要：为理想奋斗的"进程"没有停止（哪怕一天只有10分钟），与理想有关的"感觉"就没有停止，自己就仍然可以感受"被理想包围"的气氛和……温暖，对未来的"信心"就依然膨胀，自己就仍然觉得——

一切还是那么美好！

不过，偷看的滋味确实不太好受，一边看书一边留心门口的动静（倒不用避着刘姐），经常门一开，苏诺就把书一合，上面压个东西，也不敢看来的人是谁，随便翻着打掩护的报纸……有时，门一开一关的频率很快，几分钟就开一次，他什么也看不进去！

那一刻，苏诺觉得自己有点委屈，后来，他想了一个办法——不看大块文章，改成做英语习题……这招还真灵，一天下来能做上几十道题！

苏诺很高兴，就觉得：那几十道英语题像几十个"纤夫"，把搁浅的"理想之船"再次拉动了……

下班之后，他会回到大学母校看书。那个时候，学生们正在吃晚饭，自习楼很容易占到座位，进了一个教室，他先看黑板，上面没写"今晚有课"，就在某排中间位置坐下，左边一个空座，右边一个空座，独立王国出现，一低头，"海关"关闭，开始学习。

一直学到晚上八点，再去一个开到很晚的食堂吃饭。

学得不错，心里充实，未来有希望，吃什么都香啊。哈哈，谁说精神食粮不能转化成物质食粮！

疯了一样爬

如此学了一段时间，效果斐然，苏诺开始按这种进度设计未来了：用一年多时间完成考研准备，考取中国人民大学新闻研究生，一圆记者梦！

不过，他高兴得有点太早了。

这天下午，他一个人在办公室里，拿出单词小册子开始背，门一开，他一慌，立刻把报纸压在单词本上。

进来的是王部长。

王部长坐到苏诺对面的座位上，和苏诺说了几句话，然后突然说了一句："苏诺，你跟我过来一下。"

语气有点冷。

苏诺跟着王部长向他的专用办公室走，有点慌，但他想的还是工作上是不是有失误。

　　进了办公室，苏诺在王部长对面的沙发上坐下。王部长的脸阴下来："你刚才看什么呢！"

　　"报纸"。

　　"报纸下面那个小册子是什么？"王部长的表情有些硬了。

　　"是……是……和业务有关的东西。"苏诺没想到自己回答得如此愚蠢，近于此地无银。

　　"你别装了，我注意你好几天了，现在咱俩就去看看那是什么书。"王部长站了起来，"走吧！"

　　"不……不用，"苏诺把头低下了，"是本……闲书"。

　　"闲书？是英语吧！"

　　"我……"

　　"我现在告诉你，我这人挺开明，不管你看那书干什么，不管你想不想在这里长干，你在这上一天班，就别在班上看一分钟你的闲书。你记住，这话我只和你说一次。"

　　然后，王部长也不看他，冷冷地说："你走吧。"

　　苏诺没吱声，走出部长室。

　　回到办公室，坐下……

　　办公室里还是只有他一个人，英语小册子就在不远的地方，但他已经不能看了，或者说，永远不能看了……

　　坐在那，他开始发呆。

　　他觉得，有什么东西唰地一下没了，而且是很大一片的东西……随即，他突然有点紧张。最终，这种紧张变成了……恐惧。

Sunshine of Life

是的，恐惧。他终于意识到事情比他想象的要严重。倒不是王部长的态度，而是不让他看书的——后果。

渐渐地，有一些话在心里出现了：

"从今以后，每天八小时内，你不能为理想努力一分钟了……这意味着，同期考研的人比你多了一两倍复习时间，你要用两三年时间作准备，也不一定考得上。"

苏诺的心在收紧。

"而且，在每天最黄金的时间段，你都要混时间熬日子，没有什么创造力，也没有什么价值，这样的生活也许要持续一两年，甚至好几年。每一天，八小时的懈怠与乏味……持续好多年……"

苏诺有意识地按照那些话想了一下，他觉得……那种生活很可怕。

还有，"每天一睁眼，就知道八小时没了……其实，最重要的，你的理想在你最清醒最大块的时间内，与你一点关系也没有！一点关系也没有！"

苏诺的鼻子有点发酸。

最可怕的是，苏诺觉得以上的一切就是事实啊，而他还想不出办法改变这一切。除非辞职，专门去考研，但那是破釜沉舟，自己不可能有这勇气，而且也不能再让父母养活自己了，他们已经够辛苦了。

……

苏诺觉得闷得慌……他想"腾地"站起来……这念头如此强烈，但……身体是软的，而且在变得更软似的，一动也不想动了。

就在此时，又有一些话冒了出来：

"你，这辈子，三分之一（上班八小时）的时间没了，肯定是没了，再除去睡觉，就剩下三分之一的……人生了。……三分之一的人生！"

……

"刚刚二十二岁，你就知道，未来，三分之二的人生没有了。"

苏诺觉得自己好像要哭，但这种感觉只持续了几秒钟，他就——愤怒了。是的，愤怒，好像要"奋起反抗"什么似的，但他还是坐在那里，一动不动。又过了一会儿，有一个想象冒了出来：自己在向山顶冲刺，马上就要成功了，突然被人一脚踹进黑乎乎的地洞，以后几年，自己就在那个洞里"爬"，可怜分分地往上爬……

这个想象把他彻底激怒了，他站了起来，站了起来！

那还爬吗？还在那个黑洞爬吗？……当然！当然爬！不但要继续爬，而且要疯了一样爬。是的，疯了一样爬，绝不能在洞里呆那么久，否则真的会发疯的。要么发疯，要么疯爬，就这两个选择。怎么疯爬？白天的时间没了，那就把"晚上"的时间用到极致，一年365个晚上，拼到家了，拼到底了，说不定会有好的结果，或者，拼上半年，也许，就敢于……辞职了？

好，去母校"死拼"晚上的时间。不只是学一两个小时，而是要一直学到晚上十点，然后，坐最后一班车回家。在那里，没有人不让我看书！苏诺下意识地看了看表，距离下班还有两个多小时。

心里一股气鼓了起来，像风吹鼓了帆，有什么在憋着，再加上这几天加班，也没有时间到母校去，再想到母校，想到母校的大门以及教室，憋着的那股气就更足了，那只"帆"也更加鼓胀，而这只船，好像真的开始航行了。是的，在苏诺静静呆在办公室的时候，他的梦想之船先于他——起锚出发！满帆满舵向着母校航行……

他，处处受阻。

而它，一路畅行！

只等着下班时间一到，苏诺一个箭步踏上船，人船疾行……

特别告示

之后的每一个晚上，苏诺的确在母校学到熄灯才回去……每一天，走出办公室，坐上公交车，向母校进发。这一路上，周围的一切都视而不见，就和失忆了一样，什么都想不起来。在时间上，从办公室到教室，仿佛就是一秒钟之后的事情；空间的感觉上，仿佛教室就在办公室的隔壁。这种感觉有点奇妙，内心的一切都被压缩，只留下单纯得不能再单纯的——考研愿望，而这个愿望又让他激动和快乐。于是，他的心中就只有激动和快乐，其他的感觉，一无所有。

一无所有，就是拥有一切。不知不觉中，苏诺"享受"着某种带有禅味的欢乐。

稍有遗憾，到了通讯出版日的时候，那几天需要晚上加班，就无法去学校了。因此，过了出版日，苏诺在下班之后几乎是迫不及待地赶往母校。

一走进母校的校门，苏诺忍不住做了一个深呼吸。噢，都有点游子归家的感觉了，他快步往自习楼走……

刚走进自习楼，他听见有人喊话："站住！……还往里走？说你呢！"苏诺一回头，发现在自习楼大厅左侧坐了一个老头，正指着自己说话呢。

"什么事？"苏诺问。

"证件？"

"什么证件？"

"考试证，或者学生证，你不知道吗？……你不是这学校的？"

看着老人狐疑的目光，苏诺赶快说："我知道，出门忘带了。"

"回寝室取去，没有证不能进这楼。"

苏诺悻悻地往外走，这才发现自习楼大门玻璃上贴了张告示，上写着：

"为净化校园环境，从即日起，到自习楼学习的同学须带学生证或考试证，否则不许入内。"而下面的日期，是两天前的日子。

苏诺并没有太大担心，心想：还有两个楼可以上自习，即便也贴这告示，也不能都有人查证吧？

他立刻向另外一个楼走，走了几步仿佛在担心什么，他开始跑了起来。

到了实验楼，门口一个老人在查证！

又跑到另一个自习楼，也有一个老人在查证！

眼看天黑了，苏诺在心里企盼着，也许只在晚六点左右查吧……

他开始在校园内盲目地走着，一直溜达到将近晚七点了，重回自习楼，从玻璃窗看过去，轰走他的老人仍坐着，奔向另两个楼，也是这样。

他还看见，有几个同学也被赶回去取证。但是，他们和苏诺不一样，他们是学生，而苏诺不是，不再是了。

"永远进不了这个门了！"

永远进不了这个门了……那么以后……自习楼进不去了，图书馆也进不去。主楼不查证，但主楼都是各个系的专用教室，也进不去……天哪……这岂不是……母校没有地方可以看书了……晚上的学习时间……天哪……

天哪！

每天晚上，到哪里去看书啊？公司？不敢！寝室太乱，也不能暴露考研计划，那我去哪？天一黑，抱着这些书我去哪？

想了半天，苏诺真的不知道该去哪？！

如果真的这样……晚上那黄金般的时间也要没了？那我十几年也考不上研究生啊……或者，就一直在班上作贼似的偷时间……十几年后，人快四十了，就成功考上研究生了……

……

苏诺往回走，向校门口走着，风声很大，他本能地把书抱在怀里，这样一抱，忽然觉得自己很可怜……与此同时，又有一些话冒了出来：其实，自己回到母校，除了复习，还在寻找一种动力啊，大学四年那么努力那么有拼劲的记忆都在这里啊！不论在班上多累，心里多累，来这里的路上多累，在这里呆上一会儿，就立刻又有劲头了啊。但是现在，自己竟然被它驱逐了！是的，驱逐，居然连母校也不要自己了……

而且，还是"订"了规定赶自己走……

把自己赶到下面的这条路上去——

研究生考不上，记者梦破灭，一辈子过一种自己不喜欢的生活……

《罗曼·罗兰传》（一）

把《罗曼·罗兰传》买回来已经两天了，苏诺一直没有找到安静的时间看它，但书中那些话却不招自来：

"他步入了浩瀚的知识海洋，他对哲学、生物学、逻辑学、音乐、艺术史都感兴趣，他如饥似渴、大口大口地吞饮着精神世界的一切甘泉。"

他总是想着这些话，同时想象着罗曼·罗兰大学时的状态——

心里有个地方绷得很紧，对知识的渴求处在燃烧状态，看一本书就是一个猛子扎下去。

哦，那种感觉！

那种感觉，苏诺在大学整整"享用"了四年！一千多天！几乎天天如此！用四年时间"扫荡阅读"大学图书馆，各系各专业内容全都涉猎：中文系、历史系、哲学系、经济系、法律系，还有艺术、美术、音乐、建筑、心理学、地理乃至考古，以及数学、科学史！那些知识连成片、堆成山、成为一个体系进入他的世界！

这种努力一直持续四年，就等于在青春肌体注入巨大的生命能量，而它引发的成就，应该远远超出苏诺现在的成绩。

而此时，真实的例子就在眼前——一个叫罗曼·罗兰的人，从"同样"的大学走向辉煌的未来，走向伟大的成就……

罗曼·罗兰大学毕业后究竟经历了什么？

苏诺觉得在面对今生最为激动的秘密，激动之余，他甚至有点"害怕"，害怕这本书的后面有残页，并不完整……

这一刻，苏诺必须承认——他被罗曼·罗兰的一生卷了进去。

第二部分

第三章　学生时代

死心

在多次考了第一之后，有一天，苏诺就想起了一个人。

想起了……她。

这是苏诺第一次"有意地"去想她，想……让她知道自己的成绩。不是让她接受自己，只是想让她知道自己的成绩……

他好像因此就说服了自己，就不必在意她"不写信不见面"的要求，甚至还想着，也许两人能很高兴地说会儿话。

这种自欺欺人的想法立刻成为行动。

这天，苏诺以闹肚子为名逃了上午第四节课，然后坐车去她的学校。他想在中午放学时见到她，也许，两人还可以……在校外吃一顿饭？

进入她的学校，苏诺来到教学楼门口，等着。

随着下课的临近，苏诺感到心里有点突突，手心也沁着冷汗。

马上下课了，他突然想跑，甚至想着给她写封信，说自己来过就行了，但是，腿有点软……

软点好，就不走了。

突然，铃声响了！

苏诺心一惊！他猛然想起，一会儿如果看见她，自己……说什么呢？

不知道。

"那也不能退……一定要见到她，哪怕什么也不说……"

楼门被推开了，有同学往外走了，人越来越多，苏诺的眼睛看得有点花了，但目光一扫就是十几个人，应该能见到她。

门口有点拥挤，而等人的只有苏诺自己，他有些不自然，而且一想到一会儿看见她，在这么多人面前……他向后退着，躲到旁边几米外的地方。但这样他真的是看乱了，渐渐不知道谁是谁了，过了一会儿他又来到门口，瞪大眼睛找着，看了一会儿还是没有，然后他偶一回头，一下看见了一个人，一个女孩。

她。

是她！

她就站在操场上，不看别人，不看别的地方，只看着……苏诺。

是的，只看着苏诺，目光没有一点偏离，没有一点游移，定定看着他，脸上没有一丝表情。

苏诺本能地冲她点一下头，她的脸上还是没有一丝表情……冷冷地看着他。

苏诺木在那，不知该看她，还是继续演戏似的往四处看。

这一刻，苏诺觉得自己……很傻。

如果她能笑一笑，或者点头，苏诺会为自己的行为感到高兴，甚至……骄傲。但面对如此冷的表情，他觉得自己很傻。

再看她时，她的眼睛向上瞄了一下，然后不再落下，一转身，走了。

她走了，苏诺也该走了……

他慢慢走出学校，走进旁边一个偏街。突然，他跑了起来，一边跑一边对自己说："苏诺，你不觉得你很可笑吗，还有可怜，简直像个小丑……什么告诉她你的成绩，你就是想见到她，见也见到了，而且见到了她最真实的表情，是对你的厌恶，甚至，她会认为你在骚扰她。"

"骚扰"这个词一冒出来，苏诺的心一抖：我苏诺光明磊落，怎么和这个词贴了边，我，我……

"算了！"

"算了……"

苏诺这回知道，清楚地知道——死心了。

在"自欺欺人"这一点上……他也死心了。

可以……安心地……心无杂念地学习了。

"等我长大了……"

高二下学期的一天，苏诺迎来了他生命中非常重要的一刻，从这一刻起，他开始不自觉地向人生更广阔的某个领域行进。

那天，中午休息的时候，同学们大都在操场上玩，苏诺没有下楼，拿出一本刚买的杂志随手翻着。当翻到中间一篇文章时，渐渐地，他被吸引了，而这种吸引，不是因为文章的精彩，而是因为——生气！

　　文章的内容是：一个厂的厂长和土皇帝差不多，对不听话的职工张口就骂，抬手就打。有一次，一个年轻职工在众人面前顶撞了他，他觉得没面子，竟指使保卫科找个理由把那个工人抓了起来，在一个屋子里，他打断了那个工人的腿……

　　苏诺越看越生气，心里堵得慌，又忍不住往下看着，突然地，他把这页翻了过去，直接看结尾，看那个坏蛋厂长被惩罚了没有，一看最后一段是——有记者写了内参，政府派调查组进驻，厂长被绳之以法……

　　这才继续从前面看下去。

　　把全文看完，他把判刑的段落又多看了一遍，仍觉得不解气。他走到窗口，看见班上的同学在楼下正打篮球，他真想把文章让大家都看，然后大家一起生气……

　　"你等着！"

　　不知为何，苏诺心里冒出这样一句话。

　　"你等着，等我将来做了记者，全给你们曝光，好好治你们！"

　　在苏诺心中，好像他这么想了，就能解一部分气了，而他又忍不住把这话多想了两遍：

　　"等我做了记者，全给你们曝光，让那么多那么多人知道你们的德行，你们走哪都能被认出来！"

　　而就在这时，一个念头悄然而入：

　　"以后做记者，伸张正义！"

　　与刚才不同，这句话已经不是气话，更像是很理智很郑重的一句话。

　　"是的，做记者，不但做斯诺那样的大记者，而且还能做那么多好事，比如，给坏人曝光。"

　　"那么以后，一定要做记者！"

之后的日子里，苏诺总能想起那则报道。有意思的是，他心里还出现了一个"链条"：想到记者梦，就想到那则报道，就想到自己做记者的努力，以及这个努力的富有正义感的好结果。记者梦一出现，这个"链条"就出现，并且把链条上各环节都涉及到了，这一念头才最终结束。

记者梦是一个响亮的音符，后面必须有余音了。

平生第一次，苏诺有意地把"激情梦想"与"善良愿望"相融合，而奇妙的，这种结合只一次就成功了。

其实也不奇妙，在少男少女的心中，"善念"，是一片太过肥沃的土地，那几乎是世界上最"肥沃"的地方，无论什么东西种上去，都能瞬间生长，更何况，种上去的是同样具有超级能量的激情梦想？而激情梦想，又是向着未来燃烧的火，在它的照耀下，苏诺的心中，一如火烧云下金灿灿的土地，有着某种生命意义的壮观景象。而苏诺，也开始以一种不自知的气度在上面奔跑。

几个月后的某个时刻，另一个念头出现了：世上肯定有许多需要帮助的人，而这，仿佛与自己有关……

与自己有关。

走到街上看见乞丐，苏诺想着：将来，做些事情，不让他们要饭了；看见扛大包的男子背压得很弯，他想着：将来，做些事情，让他们不那么辛苦；看见爆苞米花的老大爷，他想：将来，有钱了，买下所有的苞米花，让大爷回家休息；……

"将来……"

"将来……"

这几乎成为一种句式出现在苏诺心里。这一句式如此可爱，它是少年苏诺对这个世界的第一份承诺。就在这一刻，他的目光不再只有自己，而是半正式地将他人的生活一并拥入心灵。

民间劝募小分队

"做记者，帮助许多人"，这一念头逐渐成为苏诺心中的稳定想法。当然，他认为做这些事还是要等到工作以后，不过，他没有想到，他居然在高三就有这样的机会，而这个"机会"几乎决定了他一生的走向。

三月的一天，第二节课间操时间，学校操场。

苏诺和上千名同学肃立着，教导主任语气严肃地说着一个事情：高二年级一个叫于冰的女生得了尿毒症，已经休学。教导主任号召大家自愿捐款，帮帮这个女生。

在教导主任的讲述中，那个家庭的贫困及悲苦一点点清晰，突然，教导主任的声音一下拔高，几乎是喊着说的："同学们，那个可敬的母亲，已决定把自己的一个肾捐给自己的女儿！"

苏诺的心陡地一震，这是何等动人的母爱啊，而他立刻想到一个情景：当母亲把捐肾的决定对女儿说时，那个女生……

她会怎样呢？

这种想象让苏诺鼻子有些发酸。

回到教室，同学们开始议论这件事：

"除了捐款咱们再买些营养品吧。"

"这有什么用呢，除了肾源，估计还得十几万呢！"

"咱们学校的捐款根本不够。"

苏诺在旁边听着，他突然想："为什么只有我们学校呢？为什么不扩大，多找一些学校？"念头及此，有一个想象出现——其他学校的学生也站在大操场上，听着这个事情，还有，那突如其来的话：那个母亲已决定把一个肾捐给女儿……然后，他们也像我们一样议论着、感动着……

这念头让苏诺有些兴奋，他还想到了具体的实施办法——告诉女生所在班级的团支部，让他们向另外几个重点中学发倡议！

第三节一下课，他走出教室，跑向高二年级那个班。

那个班的团支书听他说有重要建议，又一下把整个团支部的人都找来了。

怎么这么正式？……苏诺反倒有些紧张，他稳稳神说："可以以团支部的名义向另外几个重点中学倡议募捐，让更多的学生知道这事，大家一起来帮她。"

团支书想了想说："这件事情校团委已经接过去了。我们，主要是买一些营养品。"

苏诺有些着急："那些营养品怎么够呢！"

团支书说："不管怎么说，我们还是应该跟着学校的安排走……不过，我们还是要谢谢你，真的谢谢你！"

"噢，没什么。"

苏诺有些沮丧地往回走。

在接下来的课堂上他有点心不在焉。

快下课时有个念头闪了一下，而他又下意识地鼓动它"出来"："难道我们班同学不能去？！对，我们班，我们不好发倡议，但我们可以主动到别的学校去说啊，去告诉他们这个事。"

这么想时，苏诺知道自己还是缺少勇气，于是他又把那个声音在心中重复了一遍："那个可敬的母亲，已决定把自己的一个肾捐献给女儿！"

苏诺在心里一使劲："不管那么多，试试！"

这么一使劲，思路还远了些，为什么就两所学校，为什么不是三所、五所？还有，可以去报社呼吁……

一下课，苏诺立刻找到班长于锋和团支书邹欣欣，跟他们谈自己的想法，说的时候他有点紧张，他知道如果两个班头不支持，这个想法就彻底失败了，他已作好了力劝的准备。但他一说，他们，天哪，立刻就同意了！

更重要的是，他们和苏诺一样兴奋。邹欣欣还说："真要是因为咱们说的，多了一个学校，整整一个学校的捐款……那……可够棒的！"

"咱们先去五中吧！"于锋说，"不过，那学校怎么走？谁去过？对了，咱班不是有一个五中的复读生吗！"

是有一个女生，名叫王悦琳，那个圆脸、短发，平时不怎么说话的女生。几个人找到她，她一听，立刻说："行，我领你们去，我和校长有过几次接触，他这个人可好了。"

几分钟内，一个四人民间劝募小团体形成了！

整个过程苏诺都很兴奋，在班头同意的一刹那，他心中的激动就直线上升，甚至有点雀跃！而现在，反倒有点恍惚，快乐的恍惚——真的，就要去了？几小时前，还只是自己的一个念头呢?!

紧张走进校长室

第二天下午，上完两节课，接下来是自习课，四人小分队向五中进发……

出租车上，四人聊着天，但并没说与捐款有关的话。车快到五中时，四人突然安静下来，下车后大家也没有说话，后来于锋说了一句："这个不行，还有一中呢！"王悦琳一下提高了语调："谁说不行，我们学校肯定行！"

进了五中，往校长办公室走时，苏诺手心有点冒汗……是怕拒绝吗？好像不是，他不怕对方拒绝，但真的很怕对方态度冷淡，一点也不为这件事动心……

当然，还有另一个不敢想的原因：

万一成功呢？

校长室里有许多人，苏诺他们站在门口，很不自然，毕竟这是校长室，而且觉得在一群大人中间，他们几个学生肯定不被重视，况且人家谈笑风生的，硬生生地被拉到这个悲苦事情中来，实在有点……

最后，还是王悦琳走上前去，对校长说了此行的目的。

苏诺站在旁边，紧盯着这个白了一半头发的校长，想从他的表情中看出一些"蛛丝马迹"。校长静静听着，表情转为严肃，而此时苏诺突然有了一个念头——这次来，不一定只为呼吁捐款，而是，多告诉一些人这个事情，以及那位母亲的决定，就很好。

王悦琳的话说完了，校长转头问苏诺他们："你们就这么自己找来了？"

苏诺不太明白这话的意思，本能地"啊"了一声。

校长看着他们，目光中有着笑意，然后转身对一个工作人员说："你去和他们学校团委联系一下，如果真是这样，就贴出告示，把事情说一下，同学们可以自愿捐款，要说好是自愿的……"

天哪！

成了！成了？

成了！

没想到，没想到，无论几个"没想到"都无法表达这来得太快的结果，苏诺他们有点……懵了，校长的话来得如此突然，几乎没有过渡，直接到了那一句！他们最渴盼的那一句！

此时，校长已和王悦琳说着话："到了新学校，适应吗？"

"挺适应的，谢谢校长！"

校长又转向苏诺他们，热情的面孔，亲切的眼神，说："你们几个都是一个班的？"

"是。"

校长看着他们，目光很亲切，随即说了一句令大家又没想到的话：

"你们都是些好孩子！"

听着这话，苏诺的眼泪都快掉下来了。

校长一直把他们送出了办公楼，而告别之后四个人几乎是蹦蹦跳跳地走着，并在走出十几步后大声欢呼起来，一回头，天哪，校长，那位半头白发的长者，还在目送他们呢……

半途而废？

"下一站去哪？"于锋问。

多好，根本不想就此停住，再接再励！

"去报社！"苏诺说。

"出发！"邹欣欣说。

"走！"王悦琳说。

所有人的话都很简短，铿锵有力。

到了报社。已经快下班了，和一位老编辑说了情况，他在请示领导后说可以在捐款有眉目后发个短消息，但面对着更加激动的同学们，他说了一句话：

"杯水车薪，估计捐的钱解决不了什么问题。"他又补充了一句，"不过，也可以给病人一些心理安慰。"

听着这话，苏诺四人的高兴劲一下子被冲淡了……大家出了报社，向公交车站走，明显热情都不高。上了车，苏诺再想这件事时，想象中的情景已不是他们兴高采烈去送钱，而是把钱送到那位母亲手里后，他们一走，母亲又叹气了，因为钱太少，"杯水车薪"……

这么一想，他甚至有些沮丧。

在沮丧中，那一幕，操场上的那一幕，以及教导主任说的话又出现在心里，他"有意无意"把这些东西想了几次，后来想累了，闭上眼睛，渐渐地，迷迷糊糊睡着了……

等他醒来时，车子已快到学校。就在他睁开眼，还没有完全清醒时，很本能地，又想到那位母亲，他刻意想了一下，仿佛要在想象里让她的样子清晰些，但他没见过她呀，于是那个样子……那个样子……噢，苏诺突然发现自己在想那位母亲时，她的脸形和体型都像，像……一个人……

是像自己的母亲呀。

是啊，苏诺在潜意识里用妈妈的样子想那位女生的母亲，脸型体形都是那么瘦……

意识到这一点，苏诺心里一动："不行，还得做点什么！"

好像为了增强这种决心，苏诺甚至想了一个情景——如果自己得这种病，而妈妈坐在自己的床边，看着病中的自己……

他有些受不了了。

"还得做点什么！"

下车后，苏诺问王悦琳和两位班头："咱们市有多少所学校？高中、初中、小学，还有技校？"

"你问这个干嘛？"

苏诺没回答，自己先说下去："大概有一百多所？有没有……（他开始喃喃自语着）……十万多学生……也许还不够（但他心里想的是，这也许够了）。"

邹欣欣直直看着他："你想……"

苏诺说："我们这就回班级，向全市学校发倡议书！"

邹欣欣说："这，这能行吗？"

苏诺一下有些激动："不管它行不行，不行就当练字了。为表示诚意，这倡议书咱们用手写，写一百多份！往各个学校发，他们收到了，估计报社也发新闻了。当然，同学们如果帮忙那就更好了。"

王悦琳静静看着苏诺，说："我帮你。"

于锋和邹欣欣彼此看了一眼，笑了，对苏诺说："走，回学校，和同学说去！"

苏诺心里一热，随即半开玩笑地说："如果同学们不愿意，这一百份可就得咱们包了。"

邹欣欣笑着说："不是'咱们'，应该说是被'我们'包了？就你那字？写完了还得给你做注释。"

四个人又开始有说有笑往回走了，而苏诺一边走一边还快乐地想着：几天后一个学校收到一封信，一打开，是求助信，又一看，是手写的，是手写的呀(苏诺的想法简单又可爱，认定"手写的"很重要)，而他们也看到了报纸上的消息，然后，然后就有人被感动了，会有人被感动吗？……一百所学校里能有十所学校有反应也行啊……然后我们再去找那些学校！

苏诺自己没有察觉，他把这件事想得如此乐观，很大的原因在于五中那位可敬的校长，但是真的会有人仅看了一封信就支持他们的募捐吗？

能活多少年？

回到班级，几个同学围上来，十几个同学围上来，后来越来越多，于锋和邹欣欣一说写信的事，没想到，不，他们想到了，同学们全都表示支持！

"写！我们也写！"

"稿子定了吗？放学前我就抄完。"

"我的字好，我可以多写几份。"

"用的稿纸不一样没事吧？"

"没事，没事，没事！"苏诺大声回答着，尽管想到了同学们会支持，但真的面对大家热情的目光，听着他们兴奋的议论，以及有的同学在提着其他的建议，苏诺心里暖暖的。

当苏诺走出教室来到走廊上，他忍不住在心里想着：于冰，你要是能看见刚才这一幕，那该多好啊！

第二天，倡议书还没写呢，一个女生在班上说了一句话："听说，听说……即使换了肾……也活不了多长时间。"

她只是顺口一说，但班上许多同学都看着她，而她仿佛说错话似的把头低下了。

苏诺几乎在瞪着她……

没有人说取消倡议书的抄写，但这一问题却好像无法回避。

苏诺一咬牙：好！上医院！问个明白。

中午，苏诺和王悦琳一起往医院走，通过这件事，两个人已经很熟了，甚至可以开开玩笑了，但今天却没有开玩笑的心情。

天气很好，阳光很足，走在路上，也许是下意识使然，苏诺觉得今天路上孩子特别多。而在一个公共汽车站，他看见一个母亲正蹲下身来，张开双臂，对不远处的小孩笑着说：来，宝贝，自己过来……孩子也笑着，张着小嘴，步态不稳地走过去，离妈妈还有几步远时，似乎有意地以摔倒姿势前扑，扑进妈妈怀里，母亲笑着一把将他抱起来……

"那个女孩要能活下来，多好！"王悦琳对苏诺说。"其实，哪怕她真的只活一两年也行，她肯定会在这一两年里十分懂事，想办法让她妈妈高兴。"

听着王悦琳的话，苏诺突然想到了什么。

他加快了脚步。

见到医生，他直截了当问了一句："这样的病人在换肾后能不能活到五年？"并且反复强调着——五年！

王悦琳有些奇怪地看着他，不知他为何如此在意"五年"这个数字。

大夫说："可以，当然可以。"

"那好，够了，足够了！"苏诺说。

"什么足够了？"王悦琳问他。

"足够她上大学了！"

王悦琳一时有些愣，目光却渐渐热起来："对，不管她能不能活十年，二十年，但我们一定要让她上大学！让她和我们一样……即使有一天不行了，也是在大学毕业以后。"

她说不下去了。

两人快速赶回班上，把想法和同学一说，同学们也激动起来：

"对，一定也让她上大学！"

"这肯定是她最大的心愿！"

"她做完手术后我们可以给她补课。"

而有个女生想得更远，口中喃喃着："她上了大学……在一个教室看书……有人来找她，说有她一封信，而这信就是我们写的……那该多好！"

是啊，那该多好啊！

心灵花园

就在苏诺和同学们准备写倡议书时，情况突然发生了变化！

确切地说，是突然变"好"了！

第三天，报社发出了一则短消息。

第四天早上，电台也播发了新闻。

几天后，一个退休的很有威望的老劳模向全市市民呼吁：大家献爱心，挽救这个孩子的生命。接着，市电视台也加入到这一宣传活动中来。

本市有史以来第一次大规模的募捐开始了。

这一系列好消息来得太快，苏诺终于知道什么叫"应接不暇"了，几乎有点亢奋的他当然知道这一切与他们四人没有太大关系，主要还是靠媒体的发动，但他还是亢奋着，这种亢奋有点像……对了，就像收到高考录取通知书，而随着时间的推移，"录取"的档次还在提高，苏诺只等着换肾的钱全到位，就相当于收到中国人民大学新闻系的通知书了！

就是这种感觉！

稍感遗憾的是——他们的倡议书先不写了。班主任崔老师觉得这么邮倡议书不太妥，毕竟涉及到钱，还是由正规部门出面为好，而且看事态的发展也不用他们做什么了，就在家等好消息吧……

一个多月后，一个周日的上午，苏诺自己在家守着电视，看这次捐献活动的专题片。而他也终于看到了那个得病的女生——于冰。

其中有一个镜头：于冰坐在轮椅上，被两个人抬上了火车，去往省城的医院换肾，她的周围，有十几个送行的人以及媒体记者，于冰的脸色有些疲惫，抬她的两个年轻人则表情凝重。

苏诺看得很专注，他甚至觉得这个节目要永远播下去似的。

"这还是自己第一次看见她呢！"他心里想，"班长、团支书还有王悦琳如果看到这一幕，那他们，也是第一次看见这个女生……那么，为了一个不相识的女生我们奔忙着，而且还是在高考备考时期，我们确实……挺……挺高尚的。"

"高尚"的念头刹那而过，苏诺"不敢"再想第二遍。

这时电视里镜头一转，一个大屋子里，许多高中生，在一个大桌子旁数着捐款……

这些可爱的镜头在苏诺面前——滑过，不知为何，苏诺想起了五中那位可敬的校长，他能看到这个专题报道吗？

噢，校长，抬轮椅的年青人，认真数钱的高中生，我的两个班头，准备抄写倡议书的同学们，还有，电视里火车要开了……此时，苏诺突然觉得有种气氛，非常美好的气氛在形成，并且"占据"了一定的空间，而他又全部在这个空间里，全身心都在这里……平生第一次，苏诺完全彻底沉浸在一种"美好"气氛中，沉浸得仿佛世界都不存在……仿佛别人想见他也必须穿越这一气氛……对了，就像走进一个森林，又走了很久才来到一个小房子旁，而苏诺正在里面看着电视……或者换个比喻，他在这个小房子里，不知不觉间，身边长出了一棵树，十几棵树，一片树林，一片森林在他周围生成，森林里清新美好的气息在他身边弥漫……

更重要的，这种美好与他有关，由他"创造"，并且，只属于他自己。

苏诺并不知道，一个人，一旦有了自我创造、专属自己的"美好"，就仿佛有了一所心灵的"私家花园"，许多时候，他都会不自觉地向那里走去，这种吸引和诱惑，可以持续一生。

几天后，这件事彻底过去了，苏诺也不再想它，投入到紧张的高考冲刺中，但它就像是苏诺"当记者做好事"梦想的演习，让苏诺的美好愿望居然在第一次实践中就实现了！

而这，给了他巨大的鼓舞！

另外，在意念中，他已经执拗地认为如果再发生这样的事，而自己如果是记者，就会做得更好！一如在此事中新闻单位起了那么大的作用！苏诺告诉自己：今生，一定要做记者！

是的，一定！仿佛在这件事之前，他还有可能在记者梦上妥协，但这事之后，他不会有任何的妥协！而且他觉得：做了记者，就会做更多与此类似的事情，自己的一生将非常有意义，他甚至设想着，五六十岁时仍在找机会做这样的有意义的新闻，而自己又干得那么起劲！

十八岁的苏诺，不自觉间，已经开始对五六十岁的岁月提前介入，并将预感到的幸福向那里源源不断传送……

第四章 工作

"处处为家"

被母校"驱逐"的苏诺什么也不做了。

半个多月的时间里，他老老实实工作，手头一本考研的书都没有，晚上也不看书了，他为此还想起了一句话："落得个白茫茫大地真干净。"

真干净……

一切如他预料的那样：每天始终忙碌着，但热情与活力处在休眠状态；心中的感觉不是充实而是忙碌，不是明媚而是灰蒙蒙的；每一天，在人生成绩上无所作为，在人生状态上也是失败的。

两者一天天继续下去……

以上的感受又持续几天后，不知为什么，苏诺愤怒了。

是的，愤怒！

他站在走廊里，风从窗缝使劲往里灌，阳光在风中似乎有些恍惚，他站在那里，不动。

他不知道自己该"怒向何方"，他并不怨恨他的部长，他这么偷看书，实际上是自己缺少职业道德，但他还是——愤怒！……突然，他对自己说：午休时间总是我的吧！中午，我看书你不会说什么吧！他猛地转身，表情严肃，迅速回到办公室——等待午休的到来。

中午，他"公然"把书拿了出来，放在桌子上（其实部长中午都不在这楼里）……他开始贪婪地看着。门开了，他本能地把另一本书压在考研书上，一回头，是另一个办公室的同事，叫他去打扑克。

苏诺微笑着拒绝了，而他转头看着桌上的书，脑中出现一个场景——某一天部长又找他谈话了，说要看别在公司看，自己找地方看去……

又是十多天过去，苏诺还是什么书也没看。

他不是自暴自弃，他几乎有意让自己懈怠些，再懈怠些，仿佛越这样，就越会有什么事情发生。

内心，有什么在酝酿……

"酝酿"的过程中，对于似乎有些远离的梦想，他突然有种奇妙的感觉：梦想，有点像某种气体，当它不再落实而是飘起来时，反倒开始更快地蔓延，也有更大的能量在暗处生成。

终于，有一天，他攥了一下手，立刻感觉手里好像有东西，像是满满的……

这种感觉他太熟悉了。

他，准备出击。

第二天晚上，他再次回到母校，看书。

在一个新的地方。

其实，在被学校"赶走"时，他就有了一个对策，只是，在内心的委屈之中，并不愿细想这个对策。当时，在离开母校的时候，他的目光虽然飘忽，但在一个地方停留了一下——学校主楼大厅。

每天晚上，那里的灯光都很亮，总有几个学生在靠窗的位置站着，朗读外语，从晚六点到晚九点。

那里不需要证件，永远不需要！那里只需要比平常更浓烈的学习欲望！

那么大的大厅，几个背影，不知道他们在读什么，但那低低的声音已将大厅占领，他们是那里真正的主人。

苏诺，要去做那里的主人。

走进主楼大厅时，已经有几个人在学习了，苏诺扫了他们一眼，心中就有了战友般的惺惺相惜。他开始寻找一个窗口，这窗口不要离门太近，那样看一会儿书就会有些冷，毕竟，已是十月份了。

最终，他挑中一个靠楼梯的窗户，他几乎是急切地跑向它，把书放在窗台上，站定，长长呼了口气，抬起了头……

天空深远，有风在窗前隆重地经过，苏诺平静说出一句话："看书"。

一个有灯的地方能"看"书，一个有窗台的地方能"放"书，一个能站着的地方可以不被赶走，苏诺，一瞬间，回归理想世界。

这一次，他学得非常投入，对他来说，越是克服某种困难，投入理想的程度就越深，这是规律。

S u n s h i n e o f L i f e

看了半小时，腿有点酸了，苏诺笑了一下："就知道你得酸！"他开始侧身，然后不停转移重心来休息，然后改成做题以集中注意力……后来，他向四周看了看，大厅内有五个同学，每人相隔四五米……最远地方有个女生居然坐在一个椅子上。恍惚地，苏诺觉得自己是贫农，她是地主。

终于没"熬"到一小时，苏诺的腿站不住了。他想着：看来人确实应该直立行走——但坐着看书啊。

他开始"课间休息"，在大厅里散步，间或运动一下肩颈，走了没一会儿，他忽然对大厅产生了感情，虽说刚来一个多小时，但以后的日子里，每一个晚上，都要到这里来了，大学四年，这是来得很少的地方，而如今，这里就是"家"了。

走着走着，苏诺突然有点得意：这世上有什么东西能阻止我实现梦想？这么想时，他仿佛真的看到了阻碍他的力量，他就对它说着："你再把我赶走啊，无所谓呀！我还能找到地方！这个城市有好几所大学，有好几个这样的大厅，它们都敞着门等着我呢，我已'处处为家'，你赶得了我吗？"

他真切知道了什么叫"理想又被插上翅膀"，是的，理想就是天上的鸟，天生就是要飞翔的，即便停留，总会再飞起来的，而这个大厅就是理想的"鸟窝"了。看着"鸟窝"，苏诺还"发明"了一句很得意的话："鸟窝即使被一次次端掉，但谁见过鸟真的没有窝呢？"

领路女生

在主楼大厅学了十几天后，苏诺觉得该去看看王雨了。他也想好了要说的一句话："有一个教室可以坐下来学习，多让人羡慕啊！"

和过去一样，晚上七点左右，寝室里只有王雨一个人，她确实是哪儿也不去。

看见苏诺来了，王雨特别高兴，她又去找苹果，边找边说着："我以为你再也不会来了。"

吃着苹果，苏诺一脸苦笑："我也以为不会再来了。"

"怎么了？"

苏诺把被学校"赶走"的经过说给王雨听。

王雨拧着眉，认真听着，最后气呼呼说了一句："真不公平！多少人根本就不上自习，像你这样用功的倒没地方去。"

说完这话，她的脸仍然绷着，低着头，好像在生闷气，看她这个样子，苏诺觉得……她很有意思。

然后，苏诺看到王雨眨巴着眼睛，好像在想着什么。苏诺说什么，她也并不认真听。而她一抬头，有些兴奋地对苏诺说："我有个好办法，能让你再进到教室去。"

"什么办法？"

"我领你去主楼，去我们系的专用教室啊！"

苏诺一听，很高兴，但立刻有一个念头冒了出来：她以前从来不去教室，现在就这么走进去，还带了一个"陌生男子"……

苏诺决定拒绝，看着她目光中的兴奋，他心里闪过一丝感动，更坚定了拒绝的决心。

"不必了，太麻烦你了。"

"那麻烦什么呢，你跑这么多趟来看我，我走几分钟送你去主楼，麻烦什么呢？"她又补充了一句，"其实，我一直想为你做点什么。"

这话让苏诺心一动，他只好说实话： "我觉得这样对你……影响不好。"

王雨显然没想到苏诺能说这句话，她愣了几秒，以近于研究的目光看着苏诺，然后说："你这个人……"

说完，她站起身往门口走："你等我一下，我出去一趟马上回来，回来接着说这事。"

一拉门，她出去了。苏诺在屋内呆着，突然间有点不安，毕竟这是女生寝室。

不一会儿，门开了，王雨一探头闪进来，乐呵呵的，后面还跟了一个女生。那女生苏诺在舞场见过，王雨介绍："这是贾晓琳，我的好朋友。"

贾晓琳大大方方和苏诺握手，对苏诺说："王雨都和我说了，你不必客气。"

"什么？"

"我正好也要去教室，咱们三个一起走吧。"

苏诺一愣，随即什么都明白了，再看王雨，她正笑盈盈地看着自己，目光中还有一丝得意，苏诺的心里……

那是什么感觉？

几分钟后，三个人走在校园里，苏诺小声问王雨："你怎么找到你同学的？"

王雨笑着说："她正在隔壁学着打毛衣呢，让我揪出来了，她这人可好了，我一说，她立刻就答应了。"

苏诺心里说了一句："王雨，你这人也可好了！"

一路上，三个人聊得很开心，快到主楼，贾晓琳歪着脑袋看王雨："你这家伙今天怎么这么能说，平时和你一起走，一路上三句话都说不到。"

王雨笑嘻嘻地说："你不总说我像乡下大妮吗？两个月了，我还是头一次去外面上自习，看什么都新鲜呗！"

贾晓琳说："我看你也挺新鲜的。"

苏诺跟着两个女孩进了教室，有点不太自然，低着头走着。三个人坐下，有一些同学回头看他们，个别同学往门口走，路过苏诺，还特地看他一眼。

苏诺"坐稳"之后，看着周围十几个同学，感受着教室独有的安静，他觉得有点恍惚：自己怎么又坐在了这里？又坐到了"学校"的教室里？怎么会被这两个女孩送来的？而王雨怕自己拒绝，居然又叫来了她的朋友……

看着在前面坐着的两个女孩，苏诺非常感动……最终，他的心里冒出一句话："王雨，我一定要帮你，一定帮你考上双学位！相信我！"

军师出场

王雨和贾晓琳连续两次领苏诺去她们系的专用教室，苏诺也就学得很踏实了。

越和王雨接触，苏诺帮她的愿望就越强烈。贾晓琳告诉苏诺，如果王雨学得不太顺，她会在寝室一声不吭，别人劝她，她也说不出什么话，就是低头生闷气。

听着这话，不知为什么，苏诺心中出现另一个场景：王雨不再沉默着，一口气说了那么多话，说完也就好了，因为她面对的是自己啊！

另外，苏诺还觉得像她这样的女孩，理应少受些挫折似的，不知为什么，反正就这么觉得。

苏诺已经以军师自居了，他甚至想着有一天王雨拿着录取通知书满屋走着，并且给所有人削苹果吃……想着想着他就笑了，他在心里说着：她天天在寝室坐着，别人想帮她也见不着她啊！

不久，他这个军师真的派上了用场。

一个周五，苏诺突然接到王雨的电话，王雨的声音怯怯的："你现在忙吗？"

"不忙。"

"噢……"话筒里出现片刻的沉默，"那……我……没事了"。

"怎么了？"苏诺追问。

"真没什么事，"她笑了，"就看你在不在公司，安不安心工作？"

这之后又闲聊了几句，王雨就把电话挂了。

当天晚上苏诺就来到学校。他知道，王雨肯定遇上闹心事了。

一敲寝室门，探出个脑袋，就是王雨，她看到苏诺，叫了一声："你怎么来了！"

"就想看你安不安心学习，在不在寝室？"苏诺笑着说。

正是吃饭时间，苏诺一来，王雨寝室的几个同学"很合适宜"地吃饭去了。寝室里只剩下两人，王雨的脸突然红了，说："都是我的电话闹的……"随即坐在床上，低着头，好像又在生自己的气。

苏诺也不出声，笑着望着她。过了一会儿，王雨抬头问："我是不是挺麻烦人的？"

苏诺说："已经把我麻烦来了，说说出了什么事，否则我算是白来了。要不，你先报销我的路费？"她扑哧一声乐了，那么快乐地说："好哇！"

王雨还是说了实话："这几天学得不好，我觉得……自己根本就不是考双学位的料……我……肯定是考不上了。"

她苦笑了一下问苏诺："我这人是不是挺没用的？"

"是。"苏诺说。

她笑了。

此时的苏诺已作好了要"演讲"的准备，他想：王雨，在我走出这屋之前，一定让你静下心来特想学习！瞧好吧！

他站起身，向前一步，稍严肃地对王雨说："请王雨同学把我给你的三本书拿出来"。

"干嘛？"。

"和你打个赌，就用这三本书——我三分钟内能让你特想看书，挡也挡不住，信吗？"

"信！"

苏诺一愣，这话把他闪了一下，而王雨还笑盈盈地望着他——

苏诺干咳了一声："想试一试吗？"

"想"。

王雨一下高兴起来，甚至有点兴奋，乐滋滋去取书，摆在面前，然后规规矩矩地坐好，手放在腿上，像个听话的小学生。

苏诺清清嗓子，开始说：

"现在你做这样一个想象，这书我来得多不易呀！为了给你找书，我先是把床底下的大袋子翻出来，弄了一头灰，一打开发现没有，然后满屋子找，折腾一个多小时；我还让北京的朋友给你复印考双学位的资料，他也很忙，我催了他两次，他都有点烦了；有一本书太重要，我自己也得用，但还是先借给你了，然后去城南那个书店又买了一本，路那个远呀，可把我累坏了，还怕卖没了。进去直奔那个书柜，一看真有，就放心了……"

本来苏诺只想提几句书的事，不知为何越说越多，而且不想再隐瞒什么了，甚至于，还隐隐期待着什么……

期待什么呢？

最后他还"此地无银"加了一句："不许感动。"

话说完，屋内有片刻的安静。

苏诺好像作贼心虚，并不直看王雨的眼睛，只是看着她的方向。

十几秒内，王雨却一直看着他，目光没有一丝的游移，嘴角有淡淡的笑意。

屋内流动着一种奇妙的气氛……

在这气氛中，苏诺觉得自己头一次如此"被动"。

王雨转开了目光，好像完成个任务似的长舒口气，说了一句："我现在好了，你请我吃饭。"

苏诺笑了："荣幸之至。"

去饭店的路上，和平时一样，仍然是苏诺一直说着什么，王雨就是听，而在苏诺终于停住嘴时，王雨说了一句："问你一个……不礼貌的问题。"

"嗯？"

"你，你……你对所有人都……都这么……有耐心？"

苏诺有些嘻嘻哈哈地说："你权当自己命好，遇到好人了。"

让苏诺没想到的是，王雨竟以非常正式的语气一字一顿对他说：

"你，是——个——好——人！"

苏诺没词了。

两天后，苏诺来到母校，在王雨的班级教室里看书。刚看了一会儿，苏诺觉得面前站了一个人，一抬头，竟是王雨！

苏诺一愣："你怎么来了？"

王雨轻声对苏诺说："出来一下好吗，有点事。"

苏诺跟着王雨走出教室，一直走到走廊的一个拐角。

什么事，这么正式？苏诺心里有点犯嘀咕。

王雨站在苏诺面前，有些绷着的"神经"放松了，还无缘由地笑了笑，又向四周看了看，才把手伸进兜里，拿出一个纸包，说："这个，给你。"

苏诺打开那个软软暖暖的纸包，一看，愣住了——

是两个包子！

热呼呼的包子！

然后他听王雨说："我这人挺粗心的，今天才想起来，你这么早来这看书，肯定还没吃饭呢，我就给你买了两个包子，也不知道你爱不爱吃？"

这包子出现得太突然，这温暖来得太突然，苏诺站在那儿不知该说什么好，听见王雨问，他忙不住口地说："爱吃，爱吃，我最爱吃包子！"

王雨很兴奋："那以后，每次你到这来，我都给你买两个包子吧！"

看着她那么认真和高兴的样子，苏诺觉得……

他想说谢谢，但没说出口，王雨张了两次嘴也没说出话，两人就这么站着……最后王雨说："你接着看书吧，我不打扰你了，我回寝室了。"

"我送你。"苏诺急忙说。

"不用了，你安心看书吧，我走了。"

她就这样走了，苏诺一直看着她的背影，拐过一个弯，不见了。

匆匆地，苏诺吃完两个包子，回到教室，继续看书，但学了一会儿，他就发起呆来，他想着，王雨在一个食堂排队，特意为自己买那两个包子，然后怕凉了，直接奔这来了。

想着想着，他……他竟有些学不进去了，因为一种温暖而看不进书，这种感觉，平生还是第一次。

苏诺和王雨的接触渐渐多了起来，偶尔，苏诺也会和王雨说些复习时的烦恼，这个时候，王雨的表情会"严肃"下来，然后开始安慰他。说了一会儿，见苏诺没什么大变化，她就沉默了，最后说："我的嘴太笨……说不好你……"

苏诺就看着她笑，王雨则有些脸红，说："我要是有你一半口才就好了……你要是碰到一个口才好的人，现在肯定没事了。"

第二天上午九点多，王雨又打来电话："心情好点了吗？"

苏诺一愣："你今天没课？"

"噢，现在是课间。"

想着她一下课就跑出来，跑到一个电话亭前拨这个电话，苏诺的心里……

苏诺问："什么事，我都忘了"。

王雨说："你这人……"顿了一下，说，"没事就好了，我准备了许多话想劝劝你，现在都用不上了。”

苏诺说："你留着这些话，别忘了，下回说给我。"

"好，我记在纸上。"王雨轻轻地笑。

苏诺则大声地笑，然后，电话里有几秒钟的沉默……然后，王雨轻轻地近于怯怯地说："那我——挂了。"

"那好，再见。对了，祝你快乐。"

"也祝你快乐。"

在和苏诺的交往中，王雨也说了自己对未来的想法。她说自己对生活没什么要求，只是希望有一份稳定的工作，最重要的，有种简单的人事关系（她补充了一句："如果同事都像你这样，就好了。"），然后每年有假期，悠哉游哉地过自己的日子。当然，工作的事情她会全力做好。

她说，对"一个人能完成的事"有信心做好，但需要与人合作的事，就信心不足了。她说挺感谢苏诺的，因为"你愿意和我这么闷的人在一起。"

"那你紧张吗？真的不怕我闷？"苏诺问。

"开始怕，后来就想，如果闷也是你自找的。"

苏诺哈哈大笑，而王雨在他笑完后很认真问了一句："真的，你闷吗？"

苏诺心一动，看着她那么认真的目光，大声说："为什么闷？和你在一起我特放松，为什么会闷？"

是啊，为什么会闷呢？而且有句话他没有说出来：两人已经产生了即使什么也不说也会出现的那种——温暖，那又怎么会闷呢！

《罗曼·罗兰传》（二）

"被罗曼·罗兰的一生卷了进去"的苏诺，再一次回到大学母校，带着《罗曼·罗兰传》。

他要安安静静地"尽情"地看后面的内容。

他先在学校里随意走着，在告示栏前随意看着，十几分钟后，来到一个岔路口，他的心一动，因为往左一拐就是去图书馆的路……像是突遇某种"昭示"，他拐了过去。

脚步在加快。

来到图书馆，直接上二楼，站在一个阅览室门前，透过门上的玻璃往里看……

直到管理员出来问他，他才离开，再上三楼，站在一个阅览室门前，再看里面的书。

他知道自己在做什么……他在回忆"大学里扫荡图书馆"的日子！

实际上，在大学时苏诺就认为，自己有四年从未懈怠一天的奋斗，有对图书馆"扫荡"式的读书，那么在未来成就的"准备"上，他不比任何同龄人差，即使某个同学毕业后的成就无法企及，也只证明一点——自己在另一领域具有相同潜力，只是还没找到爆发的方式。

他甚至认为，这一点不仅敢和同时代年轻人比，也敢和任何时代的年轻人比！所以，他觉得，自己和"大学时代"的罗曼·罗兰差别不大，甚至觉得，大学时的罗曼·罗兰就是自己的同学，甚至是——一起讨论问题的好友。

这些念头都是为了一个大胆的假想——

苏诺在22岁时毕业了，走向社会，他细心打听一个叫罗曼·罗兰的同学的近况，俩人同时迈出人生前几步，罗兰凭借努力以及天才走得更远，远到苏诺视线所不及，但苏诺知道，两人的步伐是一样的，那个远方也是他想去的！

罗曼·罗兰走在前方，苏诺在后面跟随，这种跟随不是对罗曼·罗兰本人的跟随，而是对自己生命中也许存在的某个秘密及能量的跟随，这种秘密被罗曼·罗兰率先发现、率先实践，而苏诺想知道这一切！

想知道！

这种能量被罗曼·罗兰发挥到极致，一直抵达"为人类创造伟大成就"的顶峰，苏诺同样想知道这一切！透悟这一切！并且调动这一切！

生命中的巨大能量，它以近乎磅礴的规模长期潜伏，默不作声，而此时，它好像就要开口……

苏诺走出图书馆，快步走向校园西边的一片小树林，刚到那里，就看见阳光正满满照在几个长椅上，其中两个长椅是空的，正等着他！

等着他！

一低头，进入《罗曼·罗兰传》。

看了没几段，书中冒出一句话：

"罗曼·罗兰获得伟大成就的秘诀是：追求伟大成就的——意志！"

苏诺一愣，一瞬间，脑中有火花闪过，他一下明白了，明白了——不只罗曼·罗兰，还有自己，为了理想拼了这么多年，靠的是什么？靠的就是意志，追求理想以及大的成绩的……意志！那种比"渴望"强烈十几倍、坚韧十几倍的意志！

苏诺觉得生命的秘密被一语点破。

他也瞬间"理解"了自己的生活：每年每月，每时每刻，心中即使别无他物，仍带着一个东西——意志，追求理想并且一定成功的意志！包括在最沮丧最绝望时，心中十分艰难，但有种东西屹立不动——还是意志。追求理想一定要成功的意志！

这种意志既是每天澎湃的渴望，又是保证这种渴望的力量！即，总有力量从意志中诞生，仿佛热能瞬间转为动能！遇到困难时，自己用以对抗的不是一般的力量，是意志的力量！是自己所能运用的最大的力量！

是力量的力量！

自己在热情、朝气、奋进与幸福中生活了这么多年，今天才明白何以这样，而一旦明白了，那么以后，就将更加与它同在！

对这本书，苏诺忽然有了如捧"圣书"的感觉，他已经意识到：作者茨威格对罗曼·罗兰的世界，理想主义的世界有着深切的体会，书中每句话都直达理想主义核心，并让自己在顿悟中获得更大的力量！

能发现这一人生秘密的作者茨威格，加上能写出《约翰·克利斯朵夫》的罗曼·罗兰，天哪，这之后，这本书又会有什么内容啊？

第三部分

第五章　学生时代

至今思项羽，不肯过江东

离高考越来越近了，由于苏诺这一届考生是考后报志愿，因此，在高考前一个月，学校进行了"报志愿"的"预演"。

听着同学对各自志愿的议论，苏诺作了一个大胆的决定。

几天后，老师开始辅导同学填志愿，苏诺最后一个被班主任崔老师叫上讲台。这位快退休的老师语气和蔼地说："我特地把你留到最后，你回去把志愿重新填一下吧。"

"老师，我不想改。"

"那不行，你还不太懂填志愿，哪有这么报志愿的，专科一个不报，一共就填四个志愿，还全是新闻系，还不同意调剂到其他系，万一分数有个闪失，你就得重读了。"崔老师一口气说了这么多。

"老师，我必须上新闻系，如果重读……我认了。"苏诺低着头说。

　　崔老师一愣，他显然刚意识到问题的严重性——他的学生不是不懂报志愿，而是有意要这么填！

　　两人一时都没有说话。

　　过了一会儿，崔老师说："我教了几十年学，从来没见过这么填志愿的，你家长同意吗？"

　　苏诺说："他们说了，尊重我的意见"

　　实际上父母还不知道呢！

　　"那好，我给你父母打电话"。"

　　"崔老师，"苏诺急了，"我知道你是为我好，但我就是这么想的，我不想去别的系，我就想当记者，你找我父母只能让我们吵架，让我最后一个月看不进书。"

　　开始时苏诺是在据理力争，说着说着就觉得自己可不容易了，鼻子竟有些发酸。

　　崔老师看着他，笑了："你倒会威胁我……你真想好了？"

　　"我真想好了，大不了我重读！，再回来做您的学生！"

　　"我可不想再见到你！"崔老师笑着说，"你先回座吧，好好考虑一下，等正式报志愿时再说。"

　　苏诺当然没想改志愿的事，他怎么会改呢？他怎么能不做记者呢？他怎么能到新闻系之外的专业听课呢！有意思的是，接下来的几天里，总有一首诗出现在他心里：

　　生当作人杰，

　　死亦为鬼雄。

　　至今思项羽，

　　不肯过江东。

与她邂逅

距离高考不到二十天了，苏诺没想到，他竟然……

再次遇到……她。

一个下午，在学校旁边的公交车站旁。

苏诺看到她时，她就站在离他几米远的地方，在树荫下等车。她穿了一件连衣裙，手里拿了一本"像册"似的东西，她还没看见苏诺。

很本能地，苏诺在想："下辆公交车什么时候来？"

是希望早来，还是晚来……不知道。

女孩转头时终于发现了他（他用眼角余光发现了这一点），她立刻把头转了过去，姿势保持得很好，几乎一动不动。

"该不该上前打个招呼？"苏诺想。

见面的刹那间他发现自己仍很动心。另外，就是全身心希望她好，一点埋怨的意思都没有。他很想像普通朋友一样聊上几句，也许，与她多呆一会儿，都是一种诱惑……

但他没动，他不知道她会是什么反应，上次见面的尴尬出现在心里。他怕走过去，她只是冷冷搭几句话，那他，岂不是更失望？

就在苏诺犹豫时，她走了过来。

天哪！她走了过来！

而且是看着苏诺走了过来。

苏诺手心出汗了，他想转身迎着走过去，但是……

她走近了，苏诺发现。她脸上有着……笑意。

"你好！"她站在苏诺面前，伸出了手。

"你好！"苏诺握住了她的手，这是两人认识以来第一次握手。就在这一瞬间，一个念头浮上来，苏诺立刻变得很放松，他想：不能让她看出我的紧张，不能让她看扁了我。

"复习得怎么样？"苏诺"先发制人"，而这也确是他最关心的。

"还行。"

"你来这里是……？"

"来看看老师，写留言，你复习得怎么样？"

"一般。"

苏诺回答时很"认真"看着她，她的目光单纯而且真诚，而她确实……很好看。念头及此，苏诺有点为自己难过。

"咱们说会儿话吧。"她说。

"行。"

不过，说些什么呢？两人在这车站旁，旁边有那么多的人。

苏诺其实只想问一个问题，当他意识到她不会与自己离开车站时，就一咬牙直入主题："想问你个问题。"

她目光流动，仿佛早已料到了什么。苏诺反倒犹豫了。最后他冒出一句："你知道我要问什么！"随即惟恐对方不明白似的，又补充道："那时候……我连个原因都不知道。"

苏诺苦笑着，同时觉得心里有个"包袱"掉了，即使她不回答，自己问出口了，当着她的面问了，就是掉了。

女孩看着他，笑了一下，随即稍低着头说："当初……我其实并不想转学，我的成绩不太好（苏诺的心一紧）……你的信被我妈看到了……转学后我的心很平静，想起以前的日子，觉得跟做梦一样。"

苏诺心里有些暖意，毕竟她也有这种感受。

"我没怪你。"苏诺说。

"我也没怪自己。"她说，说得很严肃。

苏诺心里有些不快。

她说："但愿没影响到你。"

苏诺本想脱口而出"没影响"，但隐隐地觉得她会……他说了实话："两个月后就好了。"

这话那么清晰地表达着什么……

她的目光暗淡了，低下头去，两人都不说话，因为苏诺的回答，两人间形成一种微妙的气氛……这气氛好像只有十几秒钟，但在苏诺心中却……

已经错过一辆车了，她又随意问了些什么，苏诺随口答着，也问她一些事，两人很正式又很无心地说了一会儿话，然后两人好像都知道——该分手了。

又一辆车开过来，她笑着说："我走了，再见。"

"再见。"

就在她即将转身时，苏诺集中目光"狠狠"看了她一眼，好象想把什么永远记在心里。

而在她上车之后，苏诺才意识到——她居然那么坚信两人要坐的不是一辆车。

算了，即使是同一方向，也坐两辆车吧。

她在车上冲苏诺摆了一下手，车开了，苏诺对她笑了一下。然后，他想起两人那天在同一辆公交车里……还有，所有与两人有关的情节都要往上涌，这一刻，苏诺不知道心里是什么滋味……

但是在车子渐远之时，有一句话冲进他的心里：祝你好运，金榜题名!

人生宪法

对每个年轻人来说，都会经历这样一个时刻——不知从哪天起，好像也没有什么外界刺激，开始正式地想：这一生，我要怎样过?

有意地把整个一生（而非几年）放在心中思考，隐隐觉得自己有资格想它，面对未来，有了一种很郑重的情绪……同时，又会非常重视这一思考的结果，仿佛这是人生"宪法"式的决议。

这个时刻一旦出现，一个年轻人对一生执着稳定的把握就将开始，类似信念的力量开始酝酿，他也将在瞬间完成质的成长……

这个时刻，对苏诺来说，在高考前夕出现了。

好像很偶然地，没有外界的什么触动，他开始琢磨这一生要怎么过了。

这个"包括了理想又比理想大"的人生命题，往苏诺心里落着，有点躲不开了。不过它倒不是硬生生砸落，也不是如临大敌地思考，最重要的是，苏诺对这个命题没有茫然之感，他清楚地知道：不论怎样回答，都必定与记者梦有关，与对世界美好的愿望有关，与内心中朴素的责任感有关，与对火热生活的向往有关!

并且，主要与这些有关!

确立这一"原则"后，他的内心平静了。

苏诺不知道，以上"原则"的确立非常重要!

他用二十年获得的原则界定一生百年的问题，貌似年轻。但实际上，他是在最单纯的时候，生命力最活跃的时候，最能感到生命温暖、活力、激情以及价值的时候——回答着它。

用二十年获得的阳光心质的潜力，那足够几辈子享用的东西——回答这个仅仅一生的命题！

一天，苏诺在报纸上看到了一个词："铸造成器"（让自己对社会有用）。他立刻觉得这个比喻很好，它把自己内心中很"核心"的东西一下表达出来了！

"对社会有用，在一生里对社会作出许多贡献……做一个好记者，让那么多人因此受益，让整个一生温暖有意义。"

自己就是这样想的，一直这样想，但想的这些"话"有点长，现在正好有这四个字，把它们概括了！

于是，面对一生，苏诺郑重"写"下四个字："铸造成器"。

然后想都没想地，又"写"下另外四个字："完善自我"。

他本来想写"丰富自我"，他觉得未来要学的东西、想学的东西是那么多，一大片一大片的知识吸引着他，都在大学等着他！

而他还有"超越自我"呢，即一出现某一愿望就直奔这愿望"最辉煌"的样子（一如那个雨夜，一出现记者梦就直达全国最优秀记者），以及这一过程中不断的自我超越！

这两句话还不能彼此涵盖，那就统称为"完善自我"吧！

"铸造成器，完善自我"，八字原则，矗立一生。

苏诺对一生有了原则性的界定，从这一刻开始，他的生命有了超强的稳定，他，因此由一个少年正式长大成人，精神的骨骼先于肉体的骨骼茁壮生长，格格作响……更奇妙的是，他已隐隐感到，以后即便记者梦无法立刻实现，自己有这八字原则，也会过得有意义、有欢乐、有活力……有滋有味。

人生，仿佛有了双保险。

苏诺尚不知道，这个他并没有细想的"双保险"，竟真的在他大学毕业时，在理想彻底受挫时，在他内心无比痛苦之时——再次浮出海面！并以"单骑救主"的姿态，挽救了他险些萎顿的人生……

走进死胡同

7月7日，苏诺参加了高考。

三天过去，他有点慌了。

他考得很不好。

高考三天休息得不好，语文卷子前面的题耗费时间太多，作文写得太仓促，这又影响了后几科的答题心情……估完分后他有了不祥的预感——这个分数好像……进不了一表重点线，或者说……无论如何进不去。

也就是说，四个志愿中的前三个没戏了。

在难过了两天后他开始安慰自己：没关系，那就去二表省城那个综合大学，到那里读新闻专业吧……

到了正式报志愿的时候，苏诺刚走进教室，就觉得气氛不对，有几个同学用异样的眼光看着他。

崔老师叫他："苏诺，你来一下。"

苏诺走过去。

"苏诺，大概估多少分？"

苏诺把分数说了，他觉得这分实在对不起崔老师。

崔老师的表情很严肃，苏诺以为老师是失望，但随即听到这样一段话："苏诺，如果不出意外，你报的二表一志愿那个学校，它今年新闻系的分数有可能是它所有专业中最高的……"

苏诺不知道这话是什么意思，崔老师解释了一下："你这个分报那个专业百分之八十要被甩下来，而你还不服从调配，还不填其他学校……那你……你还是改报一下吧，要不，改报那个学校的中文系吧……"

苏诺脑袋"嗡"地一声——连它也不够！！新闻系进不去……然后就是……落榜。

"我重读！重读！"苏诺在心里大喊着："我明年连这个学校都不报，我就报一个，就报中国人民大学新闻系！而且拒不服从调配！"

这些话以前在他心里出现过，当时想时他是平静的，甚至有点豪情，但现在，他的眼泪险些掉下来……

他控制了一下自己，平静地冲崔老师点点头："老师，我好好想想，下午再给您答复。"然后，他走出教室，飞跑下楼……向操场跑去。

"恶狠狠"地跑去。

苏诺觉得冤呀！

冤呀！

记者梦，做了十年呀！

这世界上能有几个人像他这样爱他的梦想，有谁能天天当个宝贝似的抱在怀里，有谁能在填志愿时就填上那几个志愿，并且还在心里说着"死亦为鬼雄"。他想喊,他想哭,他想有一个人出现并安慰他,他甚至想让斯诺显灵来安慰他,就像电影中常看见的那样……

操场上空空荡荡,只有几个人,而苏诺清晰地记得就在前方不远处,他曾经站在那,他的梦想直冲天空,未来那么美好,那一刻他是那么幸福……

但现在呢!

真的要重读吗?以往的想法那么坚定,但真的面对,苏诺犹豫了。真的让父母再掏一笔钱让自己重读?再让妈妈再过一年担心的日子?

真的能不顾这些,重读吗?

而且万一如别人所说,下一次考得更糟怎么办?万一明年高考形势变了,怎么办?那么,不重读,去念中文系汉语言专业?听说那个专业每年只有很少一部分人能当记者,万一当不上……那记者梦不就与自己擦肩而过?

记者梦与自己擦肩而过,一生一世……

天哪!

苏诺觉得自己走进一个死胡同,出不来了。

当天中午,苏诺遇到王悦琳,把自己的苦恼说给她听。王悦琳听完后先是长叹口气,然后就开始劝他。她一口气说了二十几分钟,但苏诺没听进去多少,满脑子还是自己的委屈,直到王悦琳顺口冒出一句:"如果只有少数人能当记者,我相信其中肯定有你一个。"

苏诺一愣,一抬头,说:"你说什么?"

这回,王悦琳好像也有意强调,干脆换了个句式:"如果那个中文系只有百分之二十的人能当记者,为什么就没有你呢?!"

……

对呀！如果全专业只有少数人能当记者，不！如果全班只有一人能当记者，为什么不是我？

突然，苏诺觉得以往的豪情又冒了出来：进了大学，在新集体里再拼第一，以求百分之百当记者！噢，这岂不是意味着高三时的冲劲将在大学里再生？而这一切只因为一句话——"一个班内如果只有一人能当记者，为什么不是我？"

而且，一个班若有四五个人能当记者，为什么我不是最好的？！甚至于，自己虽然只考上省属院校，但四年后，在全国所有中文、新闻专业毕业生中，我为什么不是最好的？

是的，在全国所有新闻、中文专业毕业生中，我为什么不是最好的？！

"那就这么定了，去读中文专业，回教室，填表……"

苏诺和王悦琳分手时，王悦琳近于"哀求"地对苏诺说："你别光往好处想，你还是多填几个学校吧，万一你重读了……我可担不起这个责任。"

苏诺笑着说："重读就重读吧，我这分如果重读了，说不定还是重读生中分数最高的，那也是第一名啊！"

八月的一天，苏诺收到了大学录取通知书。

省城那所综合大学的通知书——中文系汉语言文学专业。

刚拿到通知书的那几天，他还很平静，但距离开学仅一周时，他——兴奋了。

因为，即将上大学了。

虽然没进入新闻专业，但是，即将上大学了！

多好！

多棒！！

就觉得，未来四年成了《西游记》里的一个大宝贝，闪着光要把自己吸进去……整整四年，自己可能学到的一切知识，以及可能发生的一切故事……还有自己定下的新目标——四年后考取中国人民大学新闻专业研究生！为当上"中国最优秀记者"继续奋斗！

还有那个"天才"想法——在大学内设立"假想敌"，和中国人民大学的一个优秀新生竞争！换言之，我是大一，他也是大一，我们又学着差不多的课程，我们同样拥有四年时间和对未来激动的憧憬。

噢，北京那个优秀学子，你知道吗？在外省一个普通校园里，已经有一个年轻人摆下擂台，这一擂台你们学校一般同学都没资格上去，必须是最优秀的！

苏诺已做好准备，要尽情享用大学四年的每一天，让每一天都朝气勃发、活力盎然、热情澎湃、斗志昂扬……那些感受已经大片大片云彩般铺展在未来的天空，他忍不住快乐地想：听说人工降雨很容易，而人工造云却没听说过，而它不已经由我、在我的梦想里成功完成了吗？

苏诺不知道，他的大学生活竟然比他想象的还要好，那几乎是他生命中的"天堂"经历，精神天堂的大门，已经为他轰然敞开……

第六章　工作

糖衣战士

过了新年，苏诺一咬牙拿出一笔钱，在母校旁边租了一个房子。有了新住处，他把考研的想法和父母说，母亲在来信中说了这样一句话："这次考，我们会全力支持你。如果失败，也算对自己有个交待，以后就可以安心了。"

那好，这一次，一定考上！

苏诺把所有空闲时间都利用上了，不仅是早晚的时间，中午的短暂时间也用上！

中午11点半到13点是午休时间，公司的食堂也开饭了。而苏诺，不在食堂吃，有另一道"大餐"等着他。

11点半一到，他把纸笔以及拆成散页的笔记放进兜里，坐电梯下楼，出门，然后小跑起来。

从门口到公交站台，小跑需要五六分钟。他往站台一站，等车。

他喜欢这个站台，这里有五路车停靠，每一路车都能把他送到下一站，也是他的"午餐"地点——市图书馆。

在11点45分左右，他登上图书馆的楼梯，楼梯拐角处有面大镜子，照着他微笑的脸。

11点45分至12点15分，午餐，不，"大餐"开始——苏诺在市图书馆二楼大阅览室里开始学习，背笔记。

他的手机会在12时15分准时震动，然后，收拾下楼，坐公交车往回走，到站，直接走进小菜市场，买一个花卷、一根火腿肠、一块钱的炒土豆丝，小跑回公司。12点40左右到达公司，吃饭！

稍有遗憾的是，图书馆周三下午闭馆，周三中午他就去食堂吃饭，算是休息。有时候一出公司大门，往车站小跑时，苏诺会觉得很有意思：自己如此幸运，偏偏只在两站地外就是图书馆；偏偏那个站台有五六路车停靠；偏偏回来的路上有一个小菜市场，里面到处都是能吃的东西；偏偏这个路程来回一走正好一小时，来回走这么多天，竟然一天也没迟到……更重要的，自己坐在阅览室时，仅这30分钟，一上午的忙乱都静下来，内心又平静如水，水面上再一次只映射一个东西——梦想，做中国最优秀记者的梦想……这30分钟千金难买，而自己只花一块钱（车费）就买到了！

当然，许多时候苏诺确实很累，尤其工作一忙，一下班什么也不想干，就想睡觉，或者痛痛快快地去玩，就觉得哪怕多学一点点东西，也是大山一样的负担……但最后，还是乖乖站在大山面前。

好在，更多时候还是"甜在其中"，如果用"糖"来比喻，就是这样的——

梦想在延伸，这是泡泡糖；学得有成绩，心情兴奋，这是跳跳糖；克服困难再前进，这是威化；学习结束看到希望，甜滋滋的，就有点巧克力的味道了。而苏诺，就是背着一堆糖衣炮弹向前冲的糖衣战士了。

那种感觉……好像挺好

在校园旁边租了房子，苏诺和王雨的接触也就更多了。

和苏诺在一起时，王雨显得很"乖"，甚至有点"言听计从"，但在一个问题上她有点"倔"——不知为什么，她不相信大夫，病了也不看医生。有几天她眼睛不好，苏诺劝她上医院，她不听，两人有点"争执"不下，最后苏诺都急了，王雨只是低头反复说着："他们（大夫）查不出来的，查不出来的……"然后抬起头，用目光"哀求"苏诺，见苏诺十分坚决，她也急了，甩着手说："我就是不去嘛！"

苏诺看着她，觉得她……特别有意思，他不说话，就那么看着她，她也看着他，确切地说，看着他的方向……

半晌，王雨低下头，轻声说："好，我跟你上医院。"

苏诺笑了。

王雨也笑了，说："你答应我，这次他们查不出毛病，我就再也不去了。"

三月末的一天，王雨要去北京考双学位了，苏诺开始帮她联系考试的住处。

他找了两个地方，一个在大学宿舍，一个是他同学的女朋友家。王雨最终选择了大学宿舍，还问苏诺该带什么礼物给室友好，两人就一起上

Sunshine of Life

街选礼物。一路上王雨表现得有点兴奋，苏诺问她："是不是从没出过省？"

王雨笑着问："如果是，你会笑话我吗？"

"当然不会，笑话你，我也没什么好处。对了，如果我真的向你要点好处，你准备怎么谢我啊？"

"我从北京给你带礼物吧！"

"什么礼物？"

"好礼物呗。"

"能让我大吃一惊吗？"

"不知道……不会吧，你什么礼物没见过呢……不，那我一定选个让你吃惊的礼物，一定让你吃惊。"

后来，苏诺又去火车站给王雨买票。王雨执意要陪着，车站买票的人太多，王雨看着苏诺挤得汗流夹背又被人呵斥，折腾了两个多小时才买到票。票到手后，苏诺走向王雨，让他没想到的，王雨竟"眼神定定"地看着他，非常正式地说："谢——谢——你！"

苏诺笑了："别这样，我不自然，好像我做了什么大好事似的。"

"那我请你吃饭。"王雨说。

苏诺说"行"，心里却想着，先吃，抢先付账就行了。

两人在学校附近找了一个饭店，没等吃完，苏诺就起身去付账，王雨立刻不答应了。苏诺笑着说："等你挣钱了再还给我。"抬腿就要去，王雨急了，竟一把抓住苏诺的衣服："不行，不行，我付账，你都答应了，答应了……"

两人就这样争着。王雨脸憋得通红，不说话，但手仍紧拉着苏诺的衣服……最后，她的眼里都有点"湿润"了，苏诺傻了，不争了。

王雨一下子又笑了，说："那我去交钱了。"之后，乐滋滋地走了。

在王雨去北京考试的那几天，苏诺有时会在心中有一些想象，想着王雨该进入考场了，就在心里为她祝福……有一次，他在祝福中加了一个念头：如果此时自己在她身边，也在北京……她考完后自己陪她吃午饭……下午的时候自己看着她走进考场，她在考场门口对自己挥挥手，说"再见"。

那种感觉……

当然，自己是不会去北京的，那应该是她男朋友做的事吧。

自己不是。

不过，那种感觉……好像挺好。

那是首什么歌？

王雨考试归来，说自己考得一般，不过她倒是有点兴奋地说，已经为苏诺准备好了礼物，但要过一段时间再给苏诺。

十几天后的一个下午，苏诺正在办公室看报纸，电话铃突然响了，他一接，是王雨。

王雨问他："你这两天收到什么……信了吗？"

"信？没有哇！"

"啊！没有！真的没有？"

"真的没有……很重要吗？"

"很重要！"

"不会是你写的吧！"

"是我写的呀，是我让你听一个广播节目，不行，气死我了。"

苏诺安慰她："你别着急，我去楼下收发室问一下。"

"没用的，来不及了"。

"什么来不及？"

"我，我曾经说过要送给你一个礼物的，我……我给你点了首歌。"她的声音小小的，"可那是昨天播的，我都，听到了。"

苏诺心一动，立刻说："告诉我是什么歌，我去买。"

"是首老歌，是戴军和杨漫合唱的……他们俩出过一个磁带，A面第二首就是，如果你找不到，我给你，歌名是……你先找找吧……"

听着王雨欲言又止，苏诺心里一动，那会不会是……情歌对唱？她……

苏诺不……敢想了，心里却突然一抖似的——万一真是情歌对唱，那么昨天，在同一时间不同地方，两人同听这首歌……

天哪！

他突然想起了什么，立刻问王雨："你，在点歌时就说……就说……是王雨为苏诺点歌？"

"没有，就说……你的一个朋友点的。"

"噢……那好，你别着急，该吃午饭了，我这就去买。"

放下电话的苏诺想着她那句"就说……你的一个朋友点的"，心里又有点发毛……她到底给自己点了什么歌呢？苏诺走出大楼，向街口的音像磁带摊跑去。

他本以为走两三家磁带摊就能买到磁带，但都没有，几天后他才从一个朋友那里得到磁带。拿到磁带的第一时间，他趴在桌子上，戴上随身听，按下了播放键。

他从A面的第一首开始听，他要静静地一直等到那首歌出现，就像当天电台播放的情形……

它出来了！

舒缓柔美的前奏……而歌词，第一句歌词出来了：

"没有理由，不用保留，一个像你这样的朋友。"

苏诺笑了，是《像你这样的朋友》，自己都想哪去了。

歌里继续唱着："很多时候，很多心情，不用说你也猜得透。"苏诺的心一动，这一直是自己得意而又不对她说的，而她也从不提起，而现在……

苏诺心中有种颤巍巍的幸福感。

接下来乐曲变缓，"其实人们经常会随波逐流……"苏诺的心思不集中在每句歌词上，他开始想着，就在几天前，王雨也静静守在收音机旁——她也在听，然后这首歌和那些歌词被她一一"送出"……

苏诺好像想呆了，音乐中他恍惚觉得走向某个地方，那是哪儿？

反正是很美的一个地方。

就在这时，曲调又转了一下，苏诺的注意力被吸过去，一句歌词冒了出来："有了一个像你这样的朋友……就别无所求……"

一瞬间，苏诺的鼻子有点发酸……他在心里嘟囔了一句："傻姑娘……"

又听了一会儿，苏诺站起身，走到窗前，向外看着，歌声仍在耳边飘着，他却不再想什么了，就站在那里，静静看着窗外……渐渐地，他有了一种感觉，这一刻，如此美好，甚至，已经好到了这样的程度——以后的日子，不论遇到什么不好的事情，这辈子，其实都过得很好。

念头及此，那句歌词恰好又出现了：

"有了一个像你这样的朋友……就别无所求……"

苏诺再见到王雨时，两人仍是相视一笑，但这笑里明显多了一些内容，仿佛无论嘴里说什么，其实都在想着那首歌，都在琢磨问不问、说不说？但两人都没说，让一些随意的话飘来荡去。

当然，苏诺最后肯定是要说两句的，临分手时他说："那盘磁带我费了很大劲才弄到。"

"什么磁带？"王雨明知故问。

"你说呢？"苏诺就那么定定地看着王雨，反正她不"敢"看自己。

王雨当然不看苏诺，低着头走着，而嘴边，有甜甜的笑。

两个月后，一个让苏诺非常遗憾的消息传来——王雨落榜了。

王雨好像并不难过，她反而安慰苏诺："我就是想改变自己的性格。考新闻学的双学位，做记者，说实话我自己都觉得不合适，没考上也挺好。真的，你千万别多想……"

但苏诺能不多想吗？他想是不是自己没有尽到力，甚至想是不是帮了倒忙，别是复习方法有问题吧……总之，在那些天里，苏诺心里不太舒服。

后来，他又开始帮王雨联系工作，他琢磨着："就王雨这样，去应聘都不敢开口，如果有面试更得自己领她去啊。"

苏诺在一周内为王雨找了三四个工作线索，但她都没什么热情，面对同学的忙碌她也很"镇定"。苏诺问她怎么这么稳当，她笑着说："有你呢！反正你不会让我失业的。"

"你这么说我反倒不管了，我马上消失两个月，看你怎么办？"

"没事，傻人有傻福。"

最后，王雨说了实话，她说同学找的那些工作她都不喜欢，她想找个挣钱不多、同事少、很安静的工作。

苏诺已经按这个要求找了，但现在才知道，王雨认为他推荐的还不够安静。

苏诺笑着说："有个工作挺适合你"

"什么？"

"图书馆管理员，自己一人负责查证，而阅览室又绝对安静。"

王雨仔细想了想，说了一句："要是阅览室里就我自己，就更好了。"

"可以有我吗？"苏诺憋着笑说道，"还是有我一个吧，要不一个读者也没有，也没人给你开工资了。"

不过，也许真的是"傻人有傻福"，王雨最终被校报编辑部录用了，做了一个校报编辑，这个工作还真的符合她的"要求"。而贾晓琳也留在中文系做了辅导员。在贾晓琳的争取下，两人还住到了一个单身宿舍！

恍惚的梦

八月一个周五的晚上，苏诺登上了去北京的火车，去拜访要报考专业的导师，并准备于周日赶回来，不耽误上班。

车到北京，休息一上午后，中午时分，苏诺打了一辆出租车——他要去一个地方，不是拜见老师，而是先拜见一所学校。

他对司机说："去中国人民大学。"

是的，中国人民大学，那寄托了他十多年梦想的地方。

车一开，他就觉得，他在走向某个庄重的所在，而他的理想，其实并不在他心里，而是始终在那所校园，等着他……

他走进了中国人民大学的校园。

他放慢脚步，深深地吸了一口气，仿佛以后每天都要呼吸这种空气似的。看着大石头上刻着的"中国人民大学"几个字，他想，如果真的考上了，肯定要在这里照张相。

在他周围，许多学生拎着饭盆去打午饭，校园里有种安详悠闲的气氛，在里面走，苏诺觉得……他就该属于这里！

天生就该在这里！

他打听了自习楼的位置，然后一直往那里走，心想如果没人查证，自己就进去。

真的没人查证，他真的一脚迈了进去！

上楼，看见一个自习教室人不多，也没贴"专用教室"字样，他推门走进去，选个靠墙的位置坐下。

坐下。

坐下了……

一直到此时他都跟做梦似的，而从现在开始这梦做得更深了，他甚至有点恍惚——真的，真的，我真的坐在中国人民大学的教室里了？！

哎，如果一直不走，在这一直坐到晚上十点打铃，那该多好！到时候可以心满意足继续恍惚地往回走……仿佛走向自己在这个学校的寝室……仿佛明天一大早还可以来这个教室……来的时候再带着那恍恍惚惚、迷迷糊糊，不太真切……但分明就在旁边的……幸福。

苏诺不知道这样想了多久，好像很久，或者说他在渴望"想得很久"，让梦，让十几年的梦想实现，不论是真的还是虚幻的，反正是——"实现"了。

……

"迷糊"了一会儿，苏诺摊开本子，开始给张静写信，第一句话他早就想好了。

都"想好"好多年了。

"我现在坐在中国人民大学的教室里给你写信……"

他一口气写了六页，尽数了自己毕业后的心情，以及对梦想的坚持！最后他写道："我一定能考上，好朋友，相信我，我一定能考上，我有这种预感——我一定能成功，明年我还在这个教室给你写信！用这里的信纸写，用这里的信封邮！"

走出教室，苏诺抬头看着这里的天空，在心里喊了一句：等着我，我很快就回来！

和你在一起！

永远在一起！

命运考试

第二年的一月份，苏诺参加了研究生全国统一考试。

三月的一天，苏诺来到邮局，用那里的长途电话，打一个平生最重要的电话。

他不能再被动地等待了，那样他会疯掉的，他听说分数已经出来了，他就来这里直接把电话打到学校，问自己的成绩。

握着电话，他觉得手是稳的，但，腿是抖的……

十几分钟后，苏诺走出邮局。

他在街上走着。

街上还是那么热闹，还是那么多人，阳光还是那么足，不远处发广告的那个人还在那，但苏诺却有些恍惚，他甚至觉得眼前的一切是一场大戏的布景，不是真实的，而他，也只是在……在……梦游，来到了这里，一会儿他就该醒了，醒时便发现自己是躺在床上，一会儿就上班去了，总之，他并没有……来查分，并没有……

落榜。

并没有真的落榜……

并没有再次落榜。

没有在大四考研落榜后——再次落榜。

但一切都是真的，大街、阳光、发广告的那个人，都是真的，以及他再次落榜的事实……苏诺的眼泪向上涌着，他很想让这泪水流下来，流在脸上，让大街上的人都看到，看看他这个倒霉蛋，他这个笨蛋！

是的，他这个笨蛋！

天生就笨，什么也考不上，还想着，想着考上后会怎么样，真可笑，真滑稽，真好笑，真……

苏诺抬头看着天，他这回彻底相信老天不存在了，没有老天，没有……成功，什么都没有，什么都没有。

苏诺麻木地走着，有点像当年早恋失败的样子，但他走不了八站地，他累了，才走几分钟就累了，而且他觉得，这么多年拼下来，太累了，该歇歇了，该无所事事地歇歇了……

他想去睡觉，去随便一个地方睡觉，甚至可以睡在火车站里，让人赶走，平生第一次，他体会到了自虐的冲动……

去一个清静的地方呆会儿吧，他伸手拦了个出租车，坐下后说了一句："去江边。"

他摇下车窗，看着外面的街景，车里放着流行音乐，风吹进来，他甚至觉得这很惬意，而突然间他想，要是考上了，然后再坐这个车……再听这个音乐……

那种春风得意……他的鼻子又酸了，他闭上了眼……噢，那是什么感觉，眼泪在闭着的眼睛里，不能睁开，一睁开就都流出来。

他哭了……

终于哭了。

即使司机看到，他也不管了。

他没有实现梦想的权利，不能连哭的权利都没有，在这个世界上，他只剩下这个权利了。

十几年的梦想就这样破灭了，几乎是彻底地破灭，随之而来的东西更加可怕，对苏诺来说，那将是生命意义的虚无与幻灭。或者说，是他——与"虚无幻灭"的一场生死决战。

《罗曼·罗兰传》（三）

在大学校园里，在明白了"伟大成就的秘诀"之后，苏诺继续往下看：

"罗兰追求的目的是广阔的画卷，是无所不包的史诗。他学习的榜样，是时代的巨人，伟大的英雄，是莎士比亚、托尔斯泰、巴尔扎克。他对完美的追求几乎成了一种宗教。超时间的作品，这是他的真正世界，是他创作意志仰望着的一颗明星。"

噢，这段话里又有让人激动的东西！！

苏诺接着往下看：

"罗兰在《贝多芬》传中说：我们周围的空气是窒息的，老旧的欧洲在沉重而污浊的气氛中呻吟，缺乏宏伟业绩的物质主义压抑着思想……世界在斤斤计较和卖身投靠的利己主义中毁灭。我们要打开窗子，让新鲜的空气进来，我们要呼吸英雄们的精神。"

好一个"缺乏宏伟业绩的物质主义"，苏诺赞了一句！

接下来，书里开始介绍罗兰的青春时代，苏诺开始面对一段段带有"火星"的文字：

"（少年时）他的最初灵感就是由于接触到最强有力的人物贝多芬和莎士比亚而第一次受到激发。要想把一个受到这种感召的人限制在狭小圈子里是很困难的。"

"（大学时）还有一个模糊不清的梦想时常闪现在他的脑际。他梦想写一部长篇小说，一部受生活折磨的真正艺术家的传记。这就是《约翰·克利斯朵夫》的萌芽，是他今后创作生活中云遮雾障下的第一道霞光。"

"在大学里，青年罗兰又找到了几个朋友，在高师，在充满着神秘热望的交谈中，产生了一种新的思想境界，他们都感觉到了自己肩负的使命，就是要用创作和生动的语言恢复人民失去的信心，即使牺牲自己的生命，牺牲自己的名利，也在所不惜！而他们都在多年默默无闻后，几乎同时征服了自己的人民！"

苏诺看着、感受着、呼吸着以上的文字，他觉得每一句话都带着上扬乃至飞舞的劲力，这种劲力，又让一个人的生命想摆脱什么，渴望一种挺立的姿态，向更张扬的生命境界"挺进"。

这些文字的内容属于那个时代，但里面的生命气息却让每个时代的人心动。

苏诺不知看了多久，他有些累了，于是放下书，在小树林里走着，又做了几次深呼吸。等到再坐下时，他有了一种强烈的预感——好像要"突破"什么了，自己的世界即将发生某种变化……生命的核心地带正发生剧烈摇晃，并且酝酿着一次爆发，二十几年来第一次真正意义的爆发。

也许，就在下一次看这本书时，这种爆发就会发生。

第四部分

第七章　学生时代

小草女生

苏诺的大学生活开始了……

经历了一个月的军训之后，苏诺迎来大学四年的第一堂课。

早晨八点，苏诺坐在主楼三楼的教室里，教室有几扇窗户开着，有淡淡的烧杂草的味道飘进来……

他桌上只放着两本书，但它们是新的，全新的，和以后的生活一样！

这一堂是古代文学课，年轻的女老师先概括介绍汉朝以前的文学作品，她一口气说出那么多文章的名字，苏诺好像打滑梯似的在名字上"出溜"，仅仅听名字就对这门课感兴趣了。而当老师说起一些"赋"时，苏诺就更高兴了，高中时就觉得那些"赋"很……帅气！这回有时间了，要把它们都背下来。说不定有一天同学们还要比赛，看谁背得多呢。

这堂大课结束后，由于老师和同学都要到另一个楼去上另外的课，大家就一起往那个楼走……一路上，同学们问了许多和大学有关的事情，女老师被新同学的朝气感染了，讲话的语气都有点上扬，走了一会儿她忽然问大家："你们中间有没有想考研的啊？"

那语气与其说是询问，不如说是鼓励。

苏诺脱口而出："考，我考。"

"好，还有吗？"

同学们似乎都有些犹豫……

"我也考。"一声清脆的回答响起，语气与苏诺一样，是理所当然的那种。噢，是张静，那个肤色有点黑的女生，她双手抱书于胸前，抬头对老师说。她的目光一走，正好与苏诺的目光相对，并且，有几秒钟的对视。

那一刻，两人的目光都没有移开，仿佛他们必然、必须有这种对视才能平息某种好奇。迎着张静的目光，苏诺笑了一下，但张静没有笑，只是微微点了一下头。

目光分开后，苏诺并没有多想什么，但是一种亲切感已经产生了。

刚开学的一个月里，每天晚上，在苏诺班级的专用教室里，都有许多同学上自习，但坚持学到闭灯的只有几个人，后来基本固定下来：苏诺以及同寝室的杨益鹏；另一个寝室的一个男生；张静和她同寝室的两个室友。

夜已深了，六个同学各守一方，"领"着十几个空座位，安静地看书，不约而同地，大家的动作都很轻。

有时，一人走到另一人面前，轻轻说一句"借支笔"，那人抬头，一笑，送笔，交接，各自回到刚才的世界中。

仿佛这个教室是一湖清亮亮的水，水里有六尾鱼，一条鱼游到另一条那里，轻轻地打个招呼，溅几朵水花，又游走了……

夜色越来越深，教室也越发安静，但在苏诺看来，这种安静却加热着纯粹着一种气氛，它让苏诺"恍惚"觉得教室在扩大，在向室外向夜色里延伸……

学习的热望也在延伸。

一般在晚上九点十分左右，张静就会一个人先走，好像有什么事情。

到了晚上九点半，熄灯铃就会响起，剩下的五个人一惊，抬起头，然后看看其他人，某个人伸个懒腰，说："打铃了，要赶我们走了。"

他无意用了一个词——"我们"，但这词用得多贴切呀！

教室里活跃起来，大家打着招呼，或有意或随口问着："看得怎么样？"对方含糊答一句："还行，你呢？"某个男生说："我最后锁门，要关灯了……"他吓唬着，"快往外跑，有鬼呀！"两个女生回应着："有鬼也先抓你！"接着是走廊里五人的说说笑笑，偶尔，三个男生一使坏，突然加速向前跑，两个女生"呀"地一声向前猛追……

星光下，两个女孩在前，与男生保持一步的距离，大家边走边聊，聊的内容也很随意，到了寝室门口，没讲完，就此打住，一挥手："Byebye！"

不必刻意想就知道的，明天晚上，还是这样……

在几个同学里，给苏诺留下最深印象的还是张静。

在大学里有这样一种女孩，其实她们长得挺好看，但就是不打扮，整

S u n s h i n e   o f   L i f e

个扮相有点土气，一种朴素的气质使她们在"花样女生"中——看上去像小草，张静就是小草一样的女孩，个头不高，皮肤有点黑，瓜子脸，五官长得很秀气，这个相貌，如果拍照的话，只要不拍头型不拍衣服，还是挺上镜的。

除了装扮比较朴素，张静更有小草那样憨乎乎的朝气，就是每天都很有精神头的样子。那朝气使她的那条马尾辫，看上去老是很倔强，"和"着她走路的节奏一甩一甩的。

走在路上，她的姿态与众不同——紧紧抱着怀里的书，低着头走，好像在凭感觉辨认方向，而且大都一个人走。于是，在一群结伴的女生中，她显得有点"独"。

上课时，她总坐在前排，即使最枯燥的课也能板着身板听，有时从教室后面向前面看，大家的腰都是塌的，只有她是直的。于是偶尔会出现这样的情景——老师只盯着她一个人，一个劲地讲着。

下课的时候她很少出去，也不和同学聊天，就是翻她的《英汉词典》，即使上的课不是英语课。当天的最后一堂课结束，她也多是第一个走出教室，并不等室友。不过，她好像并不是对谁有意见，遇到有同学和她说话，她也非常热情，并且，这种热情表现得"直接而且热烈"。

只是，她很少主动与人交流。

到了周末，她学得更"投入"，经常坐在教室一个下午不动地方。这时，教室里除了她，一般只剩下杨益鹏和苏诺。而杨益鹏要回寝室时，苏诺又会坚持留下来，他喜欢教室里只有自己和张静两个人，学习的动力因为一个女生而有种特别的味道。

另外，他也不甘示弱——两个要考研究生的人，已经在"竞争"了。

不止周六，有时晚上在食堂吃饭，两人也能遇见，因为学得比较晚，这时食堂几乎都没人了，窗口处，只有他们两个。里面的菜只剩下一两个，其他的只是汤了。

打完饭，很自然的，俩人坐在一起吃。饭实在是不好吃，但苏诺心里却有种骄傲，好像不"经历"什么就没资格吃这么难吃的饭，面对张静，就更有这种感觉了。

苏诺会主动挑些话题和张静说，张静只是简单回应着。两人快吃完时，苏诺正准备和张静一起走，不想张静却说了一句："你慢吃，我先走了。"

"噢。"

张静走的时候又是很热情地和苏诺"告别"，而苏诺觉得好像什么地方有点别扭，觉得她……反正，有什么地方让人不大舒服。

特别的"您"

又一个周六。

学到下午快五点了，杨益鹏拉苏诺回去打扑克，苏诺拒绝了："你先走吧，我再呆会儿。"

杨益鹏走了，教室里只剩下苏诺和张静。

两人坐在教室前面靠中间的位置，苏诺坐在张静后面，有时，张静身子往椅子一靠，马尾辫就在苏诺眼前。苏诺下意识抬抬头，身体向后靠一靠。

看了一会儿书，苏诺感觉走廊有点吵。"用不用关门？"他问。

"啊？不用……噢，你觉得吵了吧……那就关上吧。"张静低头看书，没回头。

"没事。"

一个多小时内，两人只说了这两句话。

中间张静出去了一次。回来时，与抬头的苏诺并没有目光交流，径直走向椅子，那感觉，仿佛屋里并没有苏诺。看完书，她也就那么走了。

苏诺觉得她没有和自己说话的愿望，也就只关心自己的事情了。

他抬头看看窗外，天有点黑了。就在这时，他理想世界的习惯反应开始了——心中，某个地方动了一下，有点兴奋，有热气出来，在"热气"中走向他的固定"游戏"，从7岁开始就乐此不疲的"游戏"——看着天，一眼看到那里的星光——理想的星光！

理想，它总是随自己的目光，不，是先于目光在天上，它总在那里，而自己一抬头，这一简单动作就是破译它的密码！

"那里是北京，中国人民大学新闻专业研究生……毕业后的大媒体，中国最好的记者。最好的记者，这一点又是某个大奖证明的，最重要的，是那么多有意义的新闻作品证明的，那么多被自己帮助的人证明的……"

苏诺有点激动了，渐渐地，他甚至有一种感觉——想这些时，自己好像在看另一个人的一生，并且忍不住为他激动着！另外，仅仅因为这种生活太好了，就相信它一定能够实现。

"……噢，真的有一天，要填考研表了（苏诺手心一热）；有一天，正式听第一堂研究生的课了；有一天，某个人把一个证发到手里——记者证。是的，记者证……噢，想象总是到此为止，不知道那个最可爱的'证'是什么样？对了，某一天，还会出现一个可爱的女孩，和自己分享着上面的一切……未来，人生，多美好啊！"

苏诺"痴迷"地想着、想象着，渐渐地有点"恍惚"，完全进入"另一个世界"，心里除了上面的东西别无他物，而教室只有同样为未来奋斗的张静，这一刻，一种感觉"飘忽而过"，但被苏诺一把抓住——仿佛不只这个教室，而且整个校园都流动着一种奇妙的气息，那种气息有着强大的能量，"流"到哪里都能让哪里热起来。

而他，在这股热流的中心……

"你在看什么书？"

一个多小时后，张静回头问苏诺，语气随意，表情平常。

"《新概念英语第三册》。"苏诺加重语气说着"第三册"。

"你看这个？"张静一愣。

对！我看的就是这个，我就是在超前学习，你要是问为什么，说不定我会把考研的具体想法告诉你，苏诺心里想着，不过他仍然平静地说："噢，想提前学一学。"

彼此稍一沉默。

她没再问，苏诺故意不说话，似乎在逼她问，但张静也不看他，目光停留在苏诺其他书上，很"礼貌"地说着："我，可以看看这个吗？"是不超越同学关系一毫一厘的语气，加上一板一眼的动作，所有这一切都暗示着、维系着他们本该有的距离。

苏诺有些遗憾，他满以为两人可以很轻松交谈的。

就在这时，校广播站突然放起了一首歌（苏诺一愣，周六一般不放歌的），而且是首动感十足的歌曲。而这时，让苏诺更惊讶的，张静几乎是跳了一下，然后放下苏诺的书，越过椅子，跑向窗口，把窗户打开一条缝，把头伸出去……

几个动作一气呵成。

过了一会，她好像想到了什么，一转身，对苏诺招手："来呀，一起听听。"不等苏诺回答，她又转身沉浸其中了，而且还打上了拍子。

苏诺迟疑着……

"来呀，怎么还坐着？"张静又在招呼他。

苏诺站起身，跑了过去，侧身站在张静旁边。两人站得这么近，苏诺本能地"狠"贴着窗户，让两人之间的空隙大一些。

张静闭着眼听着，脑袋有节奏地轻轻动着，苏诺索性也闭上眼睛……噢，这动感十足的旋律，心里忍不住随它动着……它，还有一个长长的滑音，心里随之左右回旋，就等着它落下，但它就是不落！正"着急"时它突然坠地，并且有个回勾似的，在你猝不及防中，刚才的舒服感受一个回潮，冲过全身……

苏诺也不自觉地打起拍子，甚至有点摇头晃脑。也就在这时，他突然发现，这种快乐有点……不一样，它很浓烈，浓烈得近于"逍遥"。苏诺觉得自己发现了一个秘密——学高兴了，一听动感的歌曲，那会获得双倍的快乐！

听完歌曲，苏诺和张静回到座位，随便聊着天。而让苏诺惊讶的是，聊着聊着，张静好像变了一个人，变得不那么有距离感了，语气也变得很轻快。交谈中，张静与他的距离也越来越近：开始时她坐在过道外的另一个椅子上；后来近了一步，一条腿站着，另一条跪在她自己的座位上；最后索性跨坐在椅子上，和苏诺面对面聊着。

说了一会儿，她的笑声也多了；再到后来，没说几句她就笑了，苏诺并不得意的"幽默"也能让她笑出来。笑到最厉害时，声音脆、时间长，身子还前倾，像是被笑声推向前的……这让苏诺很有"成就"感，干脆也不说正式的话，就是胡侃。

再到后来，她的语气中多了一样东西，有点像……讥讽，但却只是开玩笑，比如："你还说我用功，我哪敢和……您（已经不是'你'了）比啊，您可是要学《新概念英语》第三册的呀！"说完，一停顿，一侧头，眼睛里有微笑的"挑衅"。

这样的表情出现了两三次。对此，苏诺还挺高兴，他知道张静对自己有了比一般同学多一点的……亲切。而这，不正是自己希望的吗？

两人一直聊到快八点了，张静看了看外面，说："好了，我得走了。"

苏诺立刻说："我送你回去吧！"

这话一出口，他就有点后悔，为什么不直接说"我也走呢"。

"不用。"

"太晚了，我想我有责任……"话未说完，苏诺觉得"戏"有点过了，而张静也乐了："算了吧，我可不敢耽误你，噢，不，耽误'您'的学习啊，您可是要考人大的研究生的啊！"

苏诺念头一转，说："那……您不也要考复旦大学的研究生吗？"（他"狠狠"咬着"您"字。）

这么一激，张静来了精神，向前一探身，眨巴着眼睛："您多聪明啊，我这个'您'怎么和您这个'您'相比啊！"

"真的不能比？"

"确实不能比。"

"都是'您'字辈的，客气了。"

她脸上乐开了花："都是'您'字辈的，以后请您一定多关照。"

"好说好说，一定一定。"

"那……我就先不和您客气了，我先走了，要不您就……自便？"

"等会儿。"

"怎么？"

"您是否发现您有一个习惯，就是总是自己先走，然后让别人等会儿。"这话苏诺脱口就说出来了，说完后有点后悔，还有点……紧张。

"您发现了？您……是怎么发现的？您……居然发现了。"说完这话，她突然笑了，而且，显然在憋着，以免笑得更厉害。

苏诺笑了："我不但发现了，而且已经习惯了，那……您就先走吧。"

"好的……再见了！"

"再见！"

张静走后，苏诺回想着刚刚发生的一切，觉得挺有意思——那初识的考研的共鸣，近一段时间的共同学习，只两个人在教室的学习，一起去听一首歌，这之后的聊天，以及那个"您"……

这一切让苏诺有了一个想法：他觉得，也许，自己会和张静成为非常好的朋友。

两个要考研究生的人成为好朋友，四年之中还能互相鼓励着，这可不错啊。

不过，事实证明，苏诺想错了。

一个学期快过去了，苏诺和张静的"友情"没有任何进展。

张静还是很"独"，她似乎刻意在保持和同学的距离。确切地说，是与学习之外的事情保持距离，班级活动她也很少参加。即便是苏诺，她也很少主动与他说话。在周末，在一个教室学习时，她与苏诺交谈的时间也是固定的，都是在学了一个半小时后才说上一会儿话，好像那个时间是她的课间休息，可以给同一个教室——除她之外唯一的一个人一点时间。

是的，只有一点时间，并不像第一次说得那么多，第一次，似乎是个例外……

第八章　工作

真的累了

考研落榜的苏诺……累了。

不想动了，不想拼了。

累了。真的累了……

当怀抱希望去拼搏时，不觉得累，希望破灭时……

是的，从根本上讲，苏诺觉得，希望破灭了。

这么拼命地学，工作之外的一切时间都利用上了，足足准备了一年半，仍然失败……其实，在大学里全天拼命地学，毕业时考双学位不也失败了吗？

在大学，没浪费过一分钟时间，失败。

毕业后，没浪费过一分钟时间，失败。

再考，也不过如此吧，自己的努力已经到了极限，还是——失败。

是命吧？

那么记者梦呢？怎么实现？

不知道。

好像没有办法实现。

考研是苏诺能想到的唯一能实现记者梦的道路……唯一的路不见了，他该干什么？

就在这个公司呆着？或者去别的地方做其他事情？

不论什么事情，如果不是记者，必然是没有热情的事情……一生，做不太喜欢的事，没有热情，过一辈子？

天哪……

突然，苏诺觉得人生……有点可怕。

此时的苏诺尚不知道以下的事实：

毕业之后，和许多同学相比，他虽然始终处于激情奋斗中，但也同时走向属于他的危险，也许，是所有理想主义者的危险。

他为理想做决战式的战斗，但如果——失败呢？

记者梦，是他生命最大的支点，却在无意中成为——唯一的支点，这么多年，他一直在幸福的云霄，但却只有"一条线"连着，像是一个风筝。

一旦梦想被彻底毁掉，生命将何去何从，以前的一切是不是不那么有意义？未来是否需要从零开始？

理想，可能给他世上最大的幸福，长达十几年的幸福，但是，也可能把他彻底抛弃，让他一夜间一无所有。仿佛一个人只爱一个女人，爱得那么深切，觉得自己是最幸福的人，后来才知道根本娶不到她，那么他这一生又去爱谁？他的爱又在哪里？

苏诺还没有完全意识到这次落榜对他的打击，失落和痛苦还在可控的范围之内。另外，一个朋友给了他很大的安慰，那人当然是王雨。

知道苏诺落榜了，一个周五的晚上，王雨给苏诺打电话，说了几句后，她小声地说："这个周六，我陪你上街呀。"

苏诺一愣，他没想到王雨说出这么一句话。这是认识她以来，她第一次主动提这个要求。她，当然是想好好劝自己了……

苏诺突然想逗逗她，就问："上街干什么呢？"

王雨没词了，每次两人出去，"内容"都是苏诺定，过了一会儿她说："干什么……你能高兴呢。"

苏诺心中一动……说："那你陪我逛逛书店吧。"

"好啊，我还可以请你吃饭。"

"请我吃晚饭？"

"行！我就陪你一整天吧。"

"好，不过我有个要求。"

"什么要求？"

"不许说考试的事情！也不要劝我！"

"好的。"

周六上午，苏诺和王雨在书店门口见面，也不多说什么，苏诺拉着她的衣服往里走。这个"拉"的动作如此自然……

两人边逛边聊天。王雨和苏诺讲了她工作上的事情，她说特别喜欢自己的女主编，一个非常和蔼的人，而且很有上进心，都快五十了，天天都在学习，并且鼓励王雨多学东西。另一个同事也把她当小妹妹看待，王雨说想在这里干一辈子。她很"严肃"地问苏诺："你说校报不会撤掉吧，一直都会有吗？"

苏诺说："你放心，有大学就肯定有校报。"

王雨笑了："这是你说的，不能反悔。"

"什么叫我不能反悔，大学又不是我开的。"

"我不管，反正你说了，校报一直会有的。"

看着王雨，苏诺心里一动：王雨真是喜欢现在的工作！而她也终于找到适合自己的生活方式——简单、安静、从容、满足……

她是这样，自己呢？

俩人在书店逛了一个多小时，几乎都逛遍了，最后甚至走进了儿童书籍区域。

王雨犹犹豫豫跟进来，问苏诺干嘛进这里，苏诺说："你不总说自己老了吗，来，年轻一下。"

"可是看着这些书，我觉得自己更老了。"

苏诺笑了，他喜欢"口笨"的王雨突然冒出一句"俏皮话"。

两人在这里翻着书，很快，苏诺发现王雨比他更专心，手里捧着一本卡通画看了半天，以至于她后面一个工作人员提醒说："这是书店，不是图书馆。"苏诺再看王雨，发现她已红了脸，正跷着脚把书往书架里塞。

苏诺走过去，王雨小声说："差一点就看完了。"

"买下，我送给你。"

"不用，真的不用，真的就差一点了。"

"那下次我们再来，把它看完。"

"行。"王雨笑着点头。

临离开时，她挑中一本长方形的书。苏诺一把抢过去，一看书名，竟是《儿童折纸大全》。

苏诺问："送给你亲戚家小孩？"

"嗯。"王雨点了一下头。

两人往外走，苏诺突然回头："真的？"

停顿了一下，王雨冒出一句："不是。"

"那是给谁买的？"

"是给……不告诉你！"王雨把头转过去了。

苏诺笑了。

俩人后来又去公园玩，说实话，此时的苏诺有点琢磨了：以后如果两个人……

当然，他还没有细想，他总觉得自己在考研失败后才这么想，有点……自私。这种自私的感觉让他不太舒服，而这像个"警钟"，提醒他一切还是顺其自然。当然，最重要的，他还没有那种非常自然的强烈的心动，而这一点，是他对爱情最重要的要求啊。

十几天后，苏诺收到一封信，一看信封的地址，他心里一动。

是王雨的信。

有什么话非要在信里说呢？

突然，他有点紧张。

他把信撕开，手往里一探，没摸着信纸。把信封一抖，哇！"扑腾腾"掉下两只小鸭子小鹅——纸叠的小鸭子小鹅！

何止小鸭小鹅，还有小兔子小老鼠以及有点类似……企鹅的东西。六七个小动物"懒懒地"躺在苏诺面前，那么可爱，那么俏皮。

苏诺笑了，心想：这个王雨，那本折纸书学得还挺快，这么快就叠出东西了。他往信封里翻着，想找个纸条什么的，但没有，什么也没有，信封里就是这些小东西。

就是这些东西……

稍稍一愣，苏诺明白了。

他脑中出现了一个情景：王雨把这些小东西放进信封，也想写个便签，但后来念头一转，干脆就让这些小东西自己表达吧，于是把信封贴好，邮了出去。

是这样的，肯定是这样的。

而她，是想让这些东西带给他一些轻松和快乐，那么，那本书，她是给他买的啊。

渐渐地，苏诺有些，有些……反正想得有些出神，他在感受什么呢？说不清，反正他觉得一个女孩拿着一封信走在路上，信里是她叠的小鸭子小鹅小鸡，然后邮给她的好朋友，或者……不是一般意义的好朋友……里面什么也不写……

而自己就是收到信的人。

那自己该是什么感受呢……

那个男生是谁？

虽然有着王雨的安慰，但是苏诺渐渐还是有点心乱了，尤其一想到未来，觉得自己……没有了想要的未来，就没有了未来。

他决定回家呆几天，调节调节心情。

走之前，他把回家的事情告诉了王雨。在电话里，王雨一愣，然后和他说，走之前一定来一趟学校，说想让他帮个忙。

第二天晚上，苏诺回到母校。

"什么事？"见到王雨，苏诺问。

"没什么大事，你要回家，正好我有个朋友在你家那边工作，有些东西想让你……帮忙捎一下。"

"你朋友家住得远吗？"

"我不太清楚，只知道一个大概的地址，你能帮我找一下吗？"

"那……好吧。"

苏诺心里有些为难，毕竟这次时间实在太紧，而自己也没什么心情。

"那你就是答应了，太好了。"王雨一下有些兴奋。然后她交给苏诺一个大档案袋，满满的，鼓鼓囊囊的，上面已封了口，她连说了两遍："怕你把地址忘了，我特地在里面放张纸条，回到住处，你就可以把它打开看一下。"

苏诺一口答应着，随即忍不住问一句："什么同学这么重视？是一个……男生？"

王雨很痛快地承认了："是男生，不过就是一个普通朋友。"

苏诺说："你放心，这礼物我一定送到，我还要看看他长什么样！"

苏诺真的想看看。

王雨一扬眉，说："你这个人……"

临走，王雨又嘱咐了一句："那纸条在包里，回去别忘了看。"

不过，苏诺还真没那么急看纸条，一直到坐上火车，火车又到站了，旅客们纷纷收拾东西下车，他才想起王雨的事，他把档案袋拿了出来，把封条撕开，顺手向里面一摸，摸到几个圆东西，像是……

苹果。

苏诺立刻打开整个纸袋，里面是三个硕大的苹果，还有一袋瓜子，一袋花生，一袋巧克力豆。

还有那个纸条，上面是王雨娟秀的笔迹：

知道你要回家，给你买了些水果，别忘了吃呀，苹果我都洗了，用纸擦擦就行了，祝你一路顺风！

苏诺的心里……

那是什么感觉？

他把纸条认认真真叠好，放在衬衣口袋里。

背起包，把档案袋抱在怀里，紧紧地抱着……上了公交车，车子启动，他任由自己想着，想着王雨上街去买苹果，一个个挑，然后去水房里洗；还有，她想起这个主意时的得意……

以及她此刻的想象与欢喜。

就在这时，苏诺发现自己——有点动心了。

回到家，爸妈问了一下苏诺落榜后的打算，苏诺不知该说什么，心情也瞬间跌入谷底。爸妈看出来了，也就不多说什么。不过，这之后的一天，苏诺发现妈妈常常在侧面看着自己出神，他知道妈妈在为自己担心……但他心情太糟，甚至，有点麻木了。

空虚

第二天早上，他本来已经醒了，但一直等到父母出门上班，才睁开眼睛。

睁开眼，抬头看着白花花的天棚，突然间，他感到一种莫名的烦躁，这种烦躁不同以往，它有些特殊的味道，苏诺知道——那是空虚。

空虚……

一生中他头一次有这种感觉。

他，他竟会空虚。

忍不住又去想未来，但不再有什么东西"燃烧"着冲过去，那种火热积极的生活没有了，整个身体也散了，突然觉得……做什么都没意思了。

是的，做什么都没意思了。

人生，没意思了。

苏诺头一次体会到这种感觉。这感觉太可怕了，而且，不知它从何处而来，想反击都无处下手……

苏诺立刻对自己说：我不该这么想，我是有理想的人呀，我是热爱生命的呀，我一直那么，那么……

但是，但是……理想不要我啊！

没人要我啊！

理想，梦想，你，你能找到比我更钟爱你的人吗？我守护了你十几年呀！天天，天天，天天地……守着你！连睡觉都仿佛抱着你！不让你受冷落，不让你受委屈……但你呢，你对我呢？……什么理想，什么为了理想奋斗，什么付出就有回报，什么不是不报，时候未到，都是胡扯！都是骗我这种傻子的！是的，傻子。

苏诺觉得，有什么东西，很灰色的东西悄悄在心里爬，而他，没有拒绝，没有阻止，这时候他只想让一切东西自然出现，明亮也好，灰暗也好，他不作任何抵抗，抵抗会让他觉得更累，他太累了，不想再去提取任何力量……渐渐地，他的心沉沉的，不是被什么东西压住，而是被一只脚踩住了，踩下去，还狠狠地碾。

后来，他甚至有这样的感觉——那种大痛苦仿佛是一种诱惑，"诱惑"他向更痛苦的地方走，而他心甘情愿被什么东西一口一口吃掉……

这么长时间积累的黑色情绪终于全面爆发了。

苏诺就这么躺着……

不知躺了多长时间，反正，有几句话出现了，这些话一出现就猛烈"撞击"着他。

这些话是：

人生的意义是什么？

生命的价值又是什么？

活着，又为了什么？

苏诺没想到这些话会在此时出现，并且，好像逼他立刻回答似的，让他在如此灰色的心境里……立刻回答。

二十几年来，对于生命的大问题苏诺不怎么细想，他记得胡适曾经说过一句话：你赋予人生什么意义，它就是什么意义。那自己有阳光般的人生奋斗，当然赋予人生以阳光的意义了。

但现在呢？奋斗严重受挫，未来突然消失，即使有，也没有那么多阳光了，那又赋予人生什么意义呢？

更让他闹心的是，他预感到这个问题还会继续"困扰"他，让他琢磨，让他苦恼，不像以往那样，只要奋斗着，昂扬地生活着，就是对这个问题最好的回答。

苏诺实在不愿现在想它，但不知为何，今天它比任何时候都更"纠缠"他，不论他在屋里做什么，它都"提醒"着它的存在，好像在逼苏诺今天"必须给个说法"。

一个多小时后，苏诺对自己说：出门溜达溜达吧，顺便把这个"破问题"想一想……

苏诺不知道，他即将面对一个非常危险的思考过程，这一过程，曾经让许多人身陷精神困境。这个过程，或者让人绝望，或者让人癫狂，或者让人走向虚无，也或者，让一个人体验——凤凰涅槃的重生，进而找到生命全新的辉煌的价值……

苏诺走出家门，走向了以上任何一种可能……

《罗曼·罗兰传》（四）

预感到自己的生命要有某种爆发的苏诺，再次来到母校，来看《罗曼·罗兰传》。

还是那个小树林，还是满眼的阳光，唯一遗憾的是，上次那个椅子让一对情侣占了，不过没关系，那就让其他椅子也沾沾"光"吧。

坐下，低头，进入《罗曼·罗兰传》：

"学业结束，职业问题又摆在罗曼·罗兰面前。当一个创作者，当一个安慰者，这就是罗兰梦寐以求的愿望。但是，生活要求他循规蹈矩。纪律代替了自由，职业代替了志趣。这位22岁的青年徘徊于人生的十字路口。"

苏诺立刻又有了共鸣，"纪律代替自由，职业代替志趣"，毕业后的感受被这一句话高度概括，他再次觉得罗兰和自己如此相似，而这本书确实有一种魔力，它总是直抵核心，将某些东西一语点破。

他接着往下看：

"列夫·托尔斯泰是经过人生检验的真理的象征，他在这一年出版了《我们究竟应该怎么办？》。他把年轻的罗兰倾目相注的贝多芬叫做情感的诱惑者……这就要求罗兰在贝多芬和托尔斯泰间痛苦地作出选择。"

这些文字让苏诺觉得有点"远"，他继续往下看：

"这位年轻的大学生，在思想处于混乱的情况下，决心采取不顾一切的举动。一天，他坐在自己的小阁楼里，给极其遥远的俄国写了一封信，向托尔斯泰叙述了自己感到十分苦恼的怀疑。"

苏诺心一动，罗曼·罗兰确实够大胆的，这一点自己可做不到。

"他写信给托尔斯泰，就像一个绝望的人向上帝祈祷，并未指望得到奇迹般的回答，一心只想忏悔而已。几个星期过去了，罗兰早就忘掉了这件鲁莽的事。但是有一天晚上，他回到自己的顶楼阁楼里，看到桌子上有一封信，确切些说，是一个小纸包。这是托尔斯泰给这位不相识者的回信，用法文写了38页！！是整整一篇文章。"

"这封写于1887年10月14日的信是以'亲爱的兄弟'这个亲切的称呼开头的。这封信首先证明，这位伟人对于有人向他呼求帮助深感不安。'大札收到了。它使我激动不已。我流着眼泪读完了这封来信。'接着他试图对这位素昧平生的人阐述自己的艺术见解：只有使人们团结的艺术才有价值，只有为自己的信仰能够作出牺牲的艺术家才能得到承认；不是热爱艺术，而是热爱人类，才是一切真正志趣的前提！可以预料，只有热爱人类的人，才能创造出有价值的东西……这些话，对罗曼·罗兰以后的生活起了决定性的作用。然而，使这个寻求帮助的青年感动的，不是托尔斯泰阐述的学说，而是这位导师的人道主义，他乐于助人的精神；不是这位富有同情心的人的言论，而是他的行动。当代最大名人托尔斯泰竟然放下日常工作，花了一两天的时间来答复巴黎陋巷里一个无名大学生的请求，给一个不相识的兄弟写回信，为他排解忧愁，这一切都给了罗兰深刻而独特的感受。"

以上文字让苏诺内心受到很大震动，还没来得及细想，他就看到了下面的文字：

"从那时起，罗曼·罗兰学会了把恻隐之心看作某种神圣的东西，从他拆开那封信的时刻起，他就升华为一个伟大的助人为乐的人，一位兄长和忠告者。这是罗曼·罗兰全部创作的起源，道德威望的基础……托尔斯泰的这封回信，产生出许多罗兰的信件，托尔斯泰的安慰成了许多安慰的源流。通过这一光辉范例，历史竟能罕见地表明，在精神世界，也像在物质世界一样，能量中没有一个原子是白白消失掉的。托尔斯泰花费在这个不相识者身上的时间，在罗兰给千万个不相识者的无数封信中得到了再生。现在，全世界都在采集这一颗仁慈的种子所带来的无限成果。"

苏诺一口气看完了这一大段。

他的内心……

不仅是安静，而几乎是——纯净。

仿佛在亘古的寂静中始终聆听一直渴求的声音，尤其是看到最后……

到最后，他几乎忘却了罗曼·罗兰的存在，仿佛是自己在面对托尔斯泰。托尔斯泰的话已经结束，但在"恍惚"中，他又坚信对方会说些什么……苏诺沉浸在这种气氛中，他知道，不是托尔斯泰话语的"内容"，而仅仅因为有人在说这样的话，在以这样的口吻说，就足够了。对于以下的愿望足够了——

整个心灵，不只在现在、而且一直到生命结束，都以此时的感受作为出发点，以及毕生理想的核心。

是的，它已使苏诺径直把生命放在这里，只想面对这封信，以及此时的感受，甚至想永远呆在这里，永远不翻过这一页……

因为，在看到某一段落时他觉得自己就是罗曼·罗兰！

罗曼·罗兰22岁，自己也是22岁，罗曼·罗兰面对着这封信，自己也是！

然后那一天，自己也遭遇那一刻：

一回家，看见桌上有小纸包，看见，看见第一个称呼：

"兄弟……"

以及书中并未提到、也许发生的情景：

罗曼·罗兰流下了泪水。

自己也流下了泪水……

此时此刻，苏诺终于明白：罗曼·罗兰取得伟大成就的原因就在这里！在生命的这一刻里！正是看到信的激动和感动贯穿罗曼·罗兰的一生，并最终锻造了他为人类做出伟大贡献的终身信仰！未来的一切成就与这里血脉相通，罗曼·罗兰经历了那一刻，以后不那样做才是怪事，才是生命不合逻辑的走向！

苏诺问着自己：罗曼·罗兰从这里出发取得了伟大成就，而自己，此时也走到这里，也来到了罗曼·罗兰生命的爆发点……这念头在苏诺心里刚出现，刹那间，一种近于紧张的激动出现了，它如同一个大网、天网——悬于苏诺的头上，他想着，也许自己也会……

这种想法让他不安，但这个想法携带的巨大热情及力量以及可能对世界作出的巨大贡献却让他兴奋。在兴奋中，他的手不由自主地一握，握紧了那个想法。

就在握紧的一刹那，幸福出现了！并且不是一波一波荡来，而是咚咚撞击他的心，而心在颤抖，在颤抖，只为了让自己脆弱、让幸福破门而入，让幸福的洪水将自己吞没，并以洪水般的声音告诉自己：

也许，你也能成为罗曼·罗兰那样的人！

生命中有这种可能，也许只有千分之一的可能，但确实——有可能！

最起码，自己已经知道生命何以伟大的绝顶秘密，这秘密带着生命最大一道霞光站在自己面前，并让这本书——完成了对自己而言的一种使命！

苏诺从椅子上站了起来……

他的心里有个东西跃动着，并且要取代他的意识主宰他，而他愿意接受这种主宰！

他在椅子旁边走着，踱着步，不过他不能走太远，不能让人占了这椅子，他需要重新坐到这里，去想些什么，并且，彻底完成什么。

没走几步，一些话就出现了，迫不及待出现了！这些话与刚才的那些话类似，但换了一种句式：

罗曼·罗兰从这里走向了辉煌成就，并为人类作出了伟大贡献。

那么我呢？

噢，这句话终于如此明晰地问出来了！

那么我呢？

那么我呢！

罗曼·罗兰日后的成就仍需仰望，但自己却把握住这一成就的"源头"，并且知道取得这一成就的——"过程"并不遥远，是的，目标很遥远，但"过程"却近在眼前！

仿佛眼望着高耸入云的山顶，脚下已然踏上通向那里的路！

仿佛罗曼·罗兰看完信后第二天、第二年的成绩自己能够达到！

"罗曼·罗兰到达的顶峰有路可行，那么我呢？"

这一愿望已经不再让苏诺羞愧，他不再觉得自己不知天高地厚，他不再想这是只有伟人才做的事，他只是想，这是一个如此"好"的事情，是的，如此"好"的事情，托尔斯泰如此亲切的信件让罗曼·罗兰决心去做，那么自己呢？他甚至觉得如果自己也这么去做，托尔斯泰就会微笑，就会欣慰，这种想象如此温暖，温暖得让他觉得自己就面对着托尔斯泰，并且说：

我愿意……

我愿意……

即使在拼尽一生后，在"为人类创造伟大成就"方面取得不值一提的成绩，我也愿意！

因为只要愿意，就有机会尝试如此伟大的理想，就已经无限满足；只要愿意，就觉得自己永远都是跑上阁楼的年轻人，永远有那一刻巨大的感动；只要愿意，就觉得始终在托尔斯泰身边，在所有"为人类作出伟大贡献"人们的身边……

对苏诺来说，罗兰的伟大成就终于不再只是远方的诱惑，而是强烈的内心的渴望，它于瞬间点燃理想的全部火焰，火焰飞腾之时，苏诺以被映红的面孔向上仰望——像罗曼·罗兰那样，让一生与"为人类创造伟大成就"相连！

是的！与"为人类创造伟大成就"相连！

一种信念同时产生：即使不能到达这一宏愿的顶峰，在入口处，自己也不想回头，不会回头！

不想放弃！

绝不放弃！

第五部分

第九章　学生时代

寒风夜谈

临近年底，苏诺迎来了入大学后的第一次大考——期末考试。

对这种考试，苏诺觉得它就是考背书的功夫，看不出什么能力，而他还有个很自负的想法：我这么能学，成绩当然应该名列全班前列。但是，考试的结果一出来，苏诺傻了。

他只考到全班第9名。

得知成绩的时候，苏诺正在寝室里，他的心一紧，立刻找个借口出去了，他突然觉得……不好意思。

"天天早出晚归的，俨然是全班最能学的几个，最终却只考了第9。"

他甚至觉得自己会被嘲笑……更难过的是，有一句话出现在心里："就你这第9名还想考研呢，考前几名的同学都不敢说考研，你又有什么资格？”

当天晚上，苏诺仍然到教室学习，心里却很乱。铃声响了，大家收拾东西往外走，这时苏诺才发现，今天张静并没有提前离去，而是和大家一起学到了最后。

天气非常冷，地上还有积雪，风呼呼吹着，同学们走得很快，苏诺始终走在后面，他怕听到同学关于这次考试的议论。

走的时候，他发现，张静好像在有意放慢脚步，最后她站在那儿，等到了苏诺，并且问他："怎么了？今天你好像有点蔫。"

"您，看出来了？"苏诺强笑着。

"别您您的，说正事呢"。

这话让苏诺一愣，他没指望和张静说什么，在他的潜意识里，和张静是无法深入交流的。

但张静似乎很有和他交流的愿望，就站在那儿不动，而且是挡在苏诺面前，苏诺也绕不过去，而她看苏诺的眼神很……怎么说呢，有点"逼视"的味道，好像是在让苏诺"老实交代"。

苏诺苦笑了一下，说："这次考试让我明白自己的本事了，自不量力啊，就这成绩还想考北京的研究生，哎……"

说完这话，他更难受了，张静也不吱声，看着他，正当苏诺想笑一笑缓解气氛时，张静突然说了一句："我陪你走走吧。"

"啊？"苏诺一愣。

张静拽了一下他的衣服，说："走吧！"

张静在前面走，苏诺在后面跟着，张静走的方向不是寝室，而是……

往回走。走了一会儿，张静说："我在高三时也有过你现在的感受。"她缓缓说着，说的时候不看苏诺，闷着头自己"领"走……天确实冷，走了一会儿，她把围巾往脸上拽了拽，挡住下巴。

说实话，苏诺并没怎么听进她的话，但他确实有点感动，仅仅是有人在寒风中陪他这么走，他就……好受多了。

很快，两人走到了主楼边，就在苏诺一犹豫时，张静径直向主楼后面拐了过去。这意味着，他们必须整整绕主楼一圈才能回到这里，意味着张静准备打"持久战"了。

一路上，苏诺仍然不怎么说话，但经常转头看张静，张静的脸一定已经冻红了，身子抱得更紧，说一大段就停顿一下，也不抬头看苏诺，等着苏诺应对一声，就接着说。

又走了一会儿，苏诺觉得风都把衣服吹透了，像直接吹到身上一样，他对张静说："今天就说到这吧。"

张静脱口而出："你好了吗？"

见苏诺有点犹豫，她嘟囔了一句："那……不知道主楼的门关没关，咱们到楼里去说吧。"

两人快走着，一绕过来，抬头看主楼，大楼一片漆黑，灯全灭了。

张静叹了一口气："你命真好，我命真苦。"

苏诺没有吱声，但也就在这一刻，他知道自己……好了。是的，好了，那好像一个月都缓不过来的打击消失了，因为此时……"命苦"的张静。

意识到这点时，他"狠狠"看了一眼张静。

接下来，他听到张静这样一段话：

"我一直觉得你和别人不太一样，真的，你有那么清晰的目标，我还从你那里学到不少东西呢！"

"你奉承我。"

"没奉承，说的是真话。"

苏诺立刻追问："学到什么了，快说说！"

张静转头看他，笑了："目前……还没有什么，不过以后说不定会有呀！比如，这次你要是又振作起来了，那我得多佩服你呀！对，是多佩服您啊！"

苏诺在心里说着："以后肯定让你学一堆东西！"

两人接下来的谈话轻松了许多，苏诺的谈兴也上来了，不过张静却有点蔫了。苏诺问："是不是太冷了？"

"何止是太冷，简直是快冻死了。"

"那咱们回寝室吧。"

"你没事了？"

"好了，没事了。"

张静近于研究似的看了苏诺一眼，突然一声大喊："那赶快跑吧！"

喊完，她已经跑了出去，而看着跟上来的苏诺，她说："你可真的不能再闹心了，否则就太对不起我了，哎，到哪里找像我这么好的同学啊。"接着，她又纠正了一下，"到哪里找……像我这么能冻的同学啊。"

第二天，吃完早饭，苏诺去教室参加寒假前的安全教育会，走进教室，四周看看，张静还没到。

过了几分钟，张静进来了，路过苏诺座位时她还敲了敲桌子："您好！"

苏诺笑着回答："您好！"

"好吗？"她近于调皮地加了一句。

"很好，很高兴，你呢？"

张静眨眨眼，说了一句："挽救了一个考试失败的家伙，我还算高兴吧。"

话说完，她走过去，坐在苏诺后面，又看她的英语书了。

朋友聊天？

寒假过后，在开学不久的一个晚上，也许是巧合，也许是有意的，即便不是周末，苏诺和张静上晚自习的休息时间重合了，两人在走廊相遇了，并且一起散步聊天。

这个走廊很长，有一百多米，两边是中文系和英语系的自习教室，走的时候张静不太"老实"，经常去趴英语系教室的门缝。

说了一会儿话，张静很随意地问了一句："对了，将来，你就只想做记者，别的都不考虑了？"

"当然，"苏诺脱口而出，随即补充一句，"而且要做中国最优秀的记者"。

他觉得，面对张静，应该加上这一句。

然后他也不管张静爱不爱听，开始讲从小到大的记者梦，张静听得很认真，偶尔跨出一步，"横"在苏诺面前，静静看他一眼，苏诺一怔，她轻轻一笑，说："你继续讲。"

讲完，苏诺立刻觉得张静在心中的地位更重要了，他喜欢这种感觉！

"别光说我，那你呢！你的理想呢？"（苏诺特意用了"理想"这个词）

张静有些犹豫，低头想了一下，而抬头看苏诺时，目光就是"稳稳"的："你愿意听吗？"

"愿意！"

"那……我给你说说。"

她不看苏诺，又低头说开了，有点像自言自语："我觉得……自己很不争气，我爸妈都是从上海过来的，他们一直希望我能考到复旦大学去，我也相信能给他们带来这种骄傲，高中三年，一说到这事他们就可高兴了……但，我只考到这里……我发誓一定要弥补他们的遗憾……那就考研考到复旦去！将来，我也在上海工作。然后，过几年，把他们都接过去。"

她停住脚步，突然站到苏诺面前，又往前近了一小步(苏诺甚至能感到她的呼吸)，说："你知道吗？我一想起，一想起他们在高考后口里说没事，但脸上分明那么遗憾，我就……就……"

她的眼圈竟然有点红……

苏诺有点"慌"。

而张静就这么看着他，没有移动目光……苏诺感动于她这种"信任"，但又不知该说什么好。

好在张静拉了苏诺一下，说："走吧。"

两人默默走了一段，然后又聊了一会儿，张静突然说："你累了吧，要不咱们回去看书吧。"

"没事，我不累……要不，今晚上就别看书了。"苏诺说。

"那干什么？"

"就这样聊聊天也挺好的。"

"那怎么行？绝对不行！"张静摇着头，拿腔做调的："像我这样有远大抱负的人，肯定是分秒必争的啊。不过——也可以考虑换个学习形式。"

"什么形式"。

"要不……听我一席话，胜读十年书？"

"那……好吧。"苏诺忍着笑。

"说好了，可不是我逼你聊天的……我可是被迫听你说了一大堆，好在……说得还行。"

两人在走廊里更"放松"聊着，话题也越发广泛，苏诺也知道了她为什么要与同学保持距离，包括晚上提前离去，按照她的话说就是——"咱们这样的学校，就算不耽误时间都很难考上复旦的研究生，之前有十几个考的，都没考上，我就想低头只读圣贤书，认识人多了肯定耽误时间，你说是不是？"

苏诺不知该说什么，他其实只想问一句："那我以后能和你多交流交流吗？"但想了想，没敢问。

等聊到必须回寝室时，张静又站在苏诺面前，还是站得那么近："求你件事呗！"

"什么事？"

"一会儿我就不去教室了，你进去把我的东西取出来吧。"

"那你呢？"

"我可不好意思进去，里面的人肯定想，这人净装样子，学了一个多小时人就没了，不知道干什么去了！"

"干什么去了呢？"苏诺问。

"和朋友聊天去了。"

也许张静没意识到，她用了一个词——"朋友"。

苏诺也没注意到这点，或者说，两人都不必再"注意"了。

较劲

几天后的一个下午，一上完课，同学们有的回寝室，有的去图书馆，而在去自习楼的路上，苏诺追上了张静。

他发现张静一整天情绪都不高，好像有什么事，发现这一点后他很是"兴奋"，终于也可以劝劝她了。

他的第一句话就是："怎么了，今天您好像有点蔫。"

"您看出来了？"张静笑着问。

"别您您的，说正事呢。"

两人都笑了。

不过，张静的下一句让苏诺有点惊讶："是有点不高兴，但我不会告诉你。"

"为什么？"

"不为什么，我告诉你又有什么用呢？"

"我可以开导开导你啊。"

"连我都劝不了自己，旁人就更不可能了。"

听着这话，苏诺有点不高兴，"旁人"这个词让他有点不舒服。

张静好像看出来了，拽了拽苏诺的衣服，笑着说："你别生气，我这人就这样，有什么愁事很少和朋友说。"

苏诺问："那你就这么憋着？"

"这个世上，我只会和爸妈说，或者……和我以后的男朋友说。"

"你男朋友在哪呢？"

"在上海啊，等我考上研究生，他就该出现了。"

"那还好几年呢，那你这几年怎么办？"

"这几年？尽量不让自己不高兴呗，所以，没办法，只能天天高兴！"

虽然没有劝到张静，但苏诺已经知道，两人的关系越来越好了，不过，在专业课程上，两人却真的在"较劲"。

这天，晚自习刚上到一半，张静就把苏诺叫出自习楼，两人来到校园运动场的一角。

"帮个忙呗，帮我理理思路，明天的讨论我总想不清楚。"张静一脸求教的神情。

苏诺笑着说："明天可是要辩论的，你这是在窃探军情。"

"谁稀罕，"张静说，"你真没看出来我是想帮你，就你那混乱的大脑，和我讲完后不就清楚了。"

"我是清楚了，那你不也更清楚了？"苏诺一脸严肃。

看着苏诺，张静摇了摇头："好了，不找你了，明天也不一定能点上我。"

第二天，一上课，老师第一个就点张静。

苏诺心里一惊，后悔昨天没帮她……不料张静一开口，一引入论点论据，立刻举座皆惊，她观点新颖，思路清晰，根本不像一晚上琢磨出来的。

"这家伙，果然是刺探军情，她竟然准备得这么出色！"突然地，苏诺很希望老师能叫自己。

非常希望！

他紧急调整思路，把观点再往深处引，心想着："张静，我一定要比你强！"

这是两人第一次在学习上的正面"交锋"，一次友情氛围内的互不相让。它让苏诺有种别样的兴奋：不是和一般同学，是和并肩学习的朋友一竞高低……那感觉……反正不一样！

他甚至想着，在这个问题上，他们两个要成为全班最棒的！

他盯着老师看，老师的目光扫过来，他更是紧盯，终于，在几个同学发言之后，老师点了他的名字。苏诺走上台，第一眼就看张静，然后说了一句："我不同意张静同学的观点。"

全班立刻一静，而张静的脸红了，她身子前探，双手放在桌上，眼睛定定看着他。

苏诺一口气讲了十几分钟。他看见张静的脸越来越红，然后在某一刻，她突然笑了，一笑之后就开始点头，他刚讲完，她带头鼓起掌来。

这时，苏诺才意识到，自己太张扬了，而且对她，是不是有伤害？

一下讲台，他刚坐好，前排的张静就回头了，对他轻声说："你讲得真好！"又补充了一句，"比我讲得好。"

"你也讲得好，真的，一上台就把我震住了。"

这时候张静更深地低下头，更小声地说："我怎么觉得……全班好象……咱俩讲得最好。"

"我也这么觉得。"苏诺说。

两人彼此看着，眼睛里都是笑意，但都忍着，好像在比……谁更能忍。终于，快忍不住时张静"及时"转过去，趴在了桌子上。

周末同归

在一段时间内，苏诺其实有点担心与张静走得太近，不是怕同学说闲话，而是怕影响张静的"封闭学习"，于是，即使在周六周日，尽管教室只有他们两人，他都不会提出和张静一起往回走，他偶尔会先走，去图书馆看书。但有一次，苏诺刚要走，已经到门口了，张静在后面突然说了一句话：

"坐那，我还没学完呢。"

这话让苏诺一愣，随即心中一喜，这话好像预示着什么……

苏诺回到原座，又看了半小时书。张静学完了，她转过头来对苏诺说："咱们该走了。"

"好的。"苏诺说。

两人一起往回走，彼此并没多说什么，一切心照不宣。

有一个朋友与你一起为梦想努力，这种感觉真好！

两个人，同一个教室，前后桌坐着，苏诺的心情总是那么安稳，同时，为梦想奋斗的心境也扩大一倍，以至于有时候有点心乱，但一走进教室，一看到张静看书的投入样子，立刻就被"吸"进了学习气氛中，仿佛理想气息腾然而起，从她那里飘过来，瞬间将自己笼罩……而学到一定时候，会因为两人的投入而彻底"入境"，就觉得这个教室只有与"梦想和友情"有关的东西是流动的，其他一切都是静止的。

那种感觉妙不可言。

最妙的还是周末，两人在星光下一起往回走，随便说点什么，心中都有着今天学习的满足感。这满足感一旦碰上很幽默的话，两人就会笑得很大声，甚至很"放肆"。那一刻，两人泄露了何以快乐的秘密，并在笑声中将这秘密轻轻掩盖，让它在下个周末再度开启……

第十章　工作

被"生命意义"这个问题反复折腾的苏诺，走出了家门，漫无目的地溜达……

走得有点累时，他来到公交车站，想坐个车，随便到一个地方呆会儿，不过，车来了一辆，他没上……他有些木然地靠在站牌上……

他的心乱极了，那个生命意义的破问题，他的灰色的未来，这个未来之下"显得更破"的问题……他就这样站着，看着公交车一辆一辆经过，他不知道什么时候会上车。

站了十多分钟，突然，他听见不远处的体育馆传来一阵歌声，是王志文的那首《想说爱你不容易》，这首歌有种让人……安静一下的感觉，而这种安静正是苏诺需要的，他本能地向那里走去……

走到体育馆门口，苏诺发现里面竟然只有两个人！只有一对母女在里面走着，空空的体育馆大院，满院飘荡的歌声，他心想，这地方……挺好。

他走进去，恍惚觉得一踏步就踩在音乐的节拍上，很本能地，一种快感浮上来，他还似跳非跳地跑了两步……

他继续向大院深处走去，这首歌的立体声效果也越来越好，渐渐地，他觉得自己仿佛被裹在这个音乐的气氛中了……

过了一会儿，这个歌曲放完了。之后，有那么几秒钟的空档。

……

另一首歌放了出来，前奏舒缓修长，带着一种很容易让人感到……温暖的味道，这前奏怎么这么耳熟呢？是的，怎么这么耳熟呢？

当歌曲的名字在苏诺心中一闪时，它的第一句歌词就唱了出来：

你的心情，现在好吗？

苏诺一呆，一愣，而突然的，鼻子一酸……

一系列感受就这样不受控制地……出现了。

这么大一个院子，就三个人，而偏偏又冒出这么一句：

你的心情，现在好吗？

……

不知为什么，他，他竟觉得这一切的出现别有深意，甚至觉得这是上天的关怀，一种让他惊喜的关怀！

他需要这种关怀。换句话说，他需要执着乃至荒谬地认为这就是上天的关怀，尽管他早已不相信上天的存在。但他宁肯相信这是一种力量借这首歌说着什么，此时此刻，他需要这样一种相信。

反正他心里有了一种温暖，这种温暖并不体现为"温度"，但刚才的压抑与闹心不再那么强烈，至少，他可以先承受、感受这种温暖……然后……期待有什么事情发生。

他静静地往下听……

歌曲已经唱了几句了，那些歌词也"定"在他心里了。

"你的脸上还有微笑吗？
人生自古就有许多愁和苦
请你多一些开心
少一些烦恼……"

所有这些话都很平常，但此时听起来却丝丝入扣，苏诺觉得自己的烦恼在几句歌词里平静了许多，甚至好像被这些歌词压在下面了，不那么有杀伤力了。

就在这时，苏诺突然感到了什么……

是什么呢？

那是一种很奇妙的感觉，他觉得这逐渐加大的温暖不再是一般意义的温暖，不再只是来自外界的关怀，而是来自"自己"的内心，来自生命很深、很重要的一个地方，而那个地方，在以往曾无数次地安慰他，鼓励他，乃至挽救他……他说不清那个地方在哪，但他知道它的存在！它比信仰更加重要，它更像是一个与生俱来的地方……

此时，通过这种温暖，苏诺又感受到那个地方，是的，他又一次真切地感受到了那个地方……

当意识到这点时，有一个声音出现了，那是他自己的声音，也是内心最真实的渴望，乃至于唯一的渴望。

这声音，这渴望就是——

应该让生命重新回到那个地方去，重新过那种温暖的阳光一般的生活，生命意义的问题固然重要，但它在此时不如下面的渴望重要——让生命，重新回到温暖的阳光般的生活中去。

突然，苏诺好像明白了什么……

是的，他明白了！现在，自己之所以如此闹心，是因为"生命价值、人生意义"的大问题出现在了灰色心境中，而以往它的"冒头"都是在温暖阳光的心境中啊，都是在心中那个重要的地方，并且被那里的"阳光"掌控着的啊。

那么就是说，自己在灰色心境中想生命意义的问题，是不应该的！

是不应该的！

苏诺有点兴奋，因为他知道，虽然暂时不能回答"生命价值、人生意义"的问题，但这一问题的答案却有了——必须，必须以过"阳光味十足、充满朝气与意义的生活"为前提！

几乎刹那间，他一下子有些……感动……是的，感动，因为，他终于知道当初选择的阳光生活是多么伟大！他也终于知道，不是这首歌曲的关怀别有深意，而是他选择的生活本身别有深意……

这首歌已经结束，苏诺本来想走，但他还是忍不住想听听下首歌的开头，他站在操场中央，仰起头，闭着眼，朝着音乐降临的方向……

乐声响起，是那首《我听过你的歌》，一首十分欢快的男女声对唱，而此时立体声效果也达到最佳……试想周围一公里处都可以听得见这首歌，而苏诺处在音响正下方，那是怎样一种感觉？

苏诺的整个听觉、感觉乃至他生命的全部，都在这首欢快的歌里，在这首歌的欢快里！

他不走了，他要继续听下去！

他看见不远处有个上旋的露天楼梯，他跑过去，跑上去，站在一个拐弯的平台上，然后抬起头，看向那广阔的天空……

一抬头，天空的广阔仿佛把他的欢乐也延伸了……好像是无意识地，苏诺在这个平台上举起了手，舒展着手臂，还做了几下类似广播体操的动作……

就在这时，一种感觉在他心中一闪而过，却被他一把抓住，并立时让它飞达全身，乃至灵魂的每一处所在！

这种感觉便是：热爱生命，以及——热爱生活。

是的，热爱生命，以及——热爱生活。

苏诺对自己反复说着这句话：热爱生命，热爱生活！

噢，此时此刻，这种"热爱"的感觉如此强烈，如此丰富，如此饱满……仿佛这种感觉本身就是一个世界，而自己就站在它的正中央。

此时的苏诺，心中有种近于甜美的静谧，他全身心在这种静谧中，体会着那种热爱的感觉……

不知过了多久，他心里再次"触"到了那句话：生命的意义是什么？

他的心一动，他突然明白了什么，一种让他惊喜的东西！

噢，他要说！

他要把这个东西说出来！

甚至是喊出来！

他明白了，自己在"热爱生命，热爱生活"的强大感受下，发现了一个东西：

原来，"生命意义"这个问题并不是生命之中第一重要的问题！

以往，自己觉得这个问题似乎处在生命的顶峰，上面没有其他东西，而现在，它上面的东西让苏诺发现了。

是的，"生命意义"上面的东西让苏诺发现了！

在"生命意义"的上面，有比"生命意义"更重要的东西，它就是以下八个字——

"热爱生命，热爱生活。"

"热爱生命，热爱生活。"

它远远比"生命意义"的问题更为重要，更加至高无上！只有它才是生命最原始最核心的东西，它先于"生命的意义"而存在！并且最终决定生命意义的全部内容！

噢，明白了！

苏诺彻底明白了！

他明白了，从自己懂事时起，不知是谁，就把一个问题罩在自己头上："人为什么活着？我为什么活着？"并且，似乎不回答这个问题就不算清醒活着……

现在他才知道，生命的真谛在另一个地方！

……

对生命，对生活，对自己人生的热爱才是生命的核心，而"生命意义"的问题只是这一核心的下一个小问题，这个小问题其实只问了一半。

是的，只问了一半，全部的问题、完整的问题是这样的：

我，面对着我热爱的生活，热爱的生命。

我将怎样好好活着？（而不是人为什么活着！）

这才是问题的全部，这才是全部的问题，人生最核心的问题必须拥抱生命最核心的东西，而生命最核心的东西就是——对生命的热爱！对生活的热爱！

只有这样，作为一个问题，它才值得一个人以最虔诚的态度回答，并在一生中不断地、反复地问自己：

我，面对着我热爱的生活，热爱的生命。

我将怎样好好活着？更好地活着？

噢，真的希望所谓的"人为什么活着"的问题不再成为那么多人，尤其是年轻人的烦恼，因为真正有价值的人生问题，真正核心的问题，真正充满着温暖气息的人生问题，已被忽略了太久，闲置了太久——

我，面对着我热爱的生活，热爱的生命。

我将怎样好好活着？更好地活着？

噢，对生命的热爱，高居在生命意义之上！

生命的意义，因为对生命的热爱——而出现、而丰富、而伟大！

而这，是每个人凭借生命的本能找到的生命的信仰！

是的，凭借生命本能，找到生命信仰！！

一个人，凭生命的本能找到了"生命意义"这个问题，同样凭生命的本能找到"热爱生命"这四个字，并以此回答了它！

这就是苏诺的回答。

苏诺仍然站在那个体育馆的平台上，看着这个世界，看这个已经发生巨变的世界。

他的心中继续出现着一句句话，比世上最最灿烂的阳光还要灿烂的话：

从今以后，我不是站在荒漠和虚无中面对生命的意义，而是站在热爱生命、热爱生活的绿色大地上面对它！

那么，当有人再问"人生意义是什么时"，我们就——

用生命最宝贵的天性"热爱生命"——拥抱它！

用生命最本质的力量"热爱生命"——拥抱它！

用生命最本能的情感"热爱生命"——拥抱它！

用生命最核心的秘密"热爱生命"——拥抱它！

用生命最自然的信仰"热爱生命"——拥抱它！

拥抱的同时，我们立时感到更强大的阳光力量滚滚而出！平生第一次，在想起人生大问题时，我们不再茫然，而是直接获得力量！

无限的无穷的力量！

苏诺就站在这一力量之下，他对自己喊着：从现在开始，我要过得更好！要比以往更有朝气活力、更有意义！让理想更远大，让奋斗更执着，让人生更积极，让自己对这世界的贡献更大，因为——

我如此热爱我的生命！

噢，这是一个多么神奇的事实，生命本质问题中竟蕴含着巨大的阳光力量！窥破这一秘密的人在刹那间就被它吞没，并且还知道：以后，一想到生命的意义就立刻获得它！并且渴望着，让一生更有意义更有价值，过得更好！

这种联系甚至已超越了现实的因果关系，而直接成为生命中"与生俱来血脉相联"的神奇！

苏诺觉得，生命与自己捉了二十几年的迷藏，现在，它终于将最灿烂的珍宝和盘托出……

他同时还知道，在生命意义这个问题上，如果世间有比他更深的发现，有比他更好的回答，那么这一发现和回答也必然、也理应——使人生更积极更幸福。那么，苏诺宁愿相信：能让生命更加勃发的秘密还未彻底出现，换句话说，生命的美丽永远在生命的想象力之外，对此，苏诺将"敬畏"一生。

也将激动一生……

苏诺走下平台，但他不想离开体育馆，他有另外一件事要做，他要在刚才的顿悟中好好想想过去，确切地说，好好"享受"过去！

是的，享受。

对生命的热爱至高至上，它先于并高于"生命的意义"而存在！

苏诺索性坐在台阶上，抬头看着远天的云彩……立刻，那么多温暖的记忆跳跃而来！

高中那个夜晚，雨后的清凉夜晚，它见证了一个少年面对未来的承诺及激情。

还有，第一次考全班第一走出校门那一刹那，特别想再回学校呆一会儿，好像一出校门，考第一的快乐就淡化了，不能让它淡了…… 还有，那个老校长，五中的老校长，就站在那大门口，目送筹款的"孩子们"离去，真想再见到他呀！还有，甚至还包括那个女孩，她从同行的同学中一退步，回头，对自己，对自己嫣然一笑……噢，为什么会有这样的感觉：

生命中那么多激动时刻、美丽时刻都挤在一起，拼命向外冲……噢，有一个冲过来了——那种骄傲，儿时的自己拽着同伴袖子说，我就告诉你一个人，这是个秘密。我的这个诺字，是一个大记者的名字！以及，从那时起就在每天都出现的……天哪，甚至是每分每秒出现的对未来、对理想的无尽憧憬！

天哪，这种憧憬和温暖真的是在每分每秒出现啊！而它居然积累了十几年！那是一笔何等巨大的财富啊！

所有这些还不够吗？

还不够自己说一句：对生命的热爱至高至上吗？！

在高中以前获得的一切已经可以扛起这句话：

对生命的热爱至高至上，它先于"生命的意义"而存在！

而生命的美好还刚刚开始啊，我的记忆，"踏入"大学的校门……张静，只因她一个人的出现，就有了长达四年为理想共同奋斗的时光，以及这时光里难以计数的温暖和激动……音乐响起，在窗前，她摇头晃脑听着校园广播。噢，她的欢乐，她会永远记得那一刻吗？学习的满足在飞舞的音乐中铺展，飞腾，那种感觉一生难忘吧？

还有，我那扫荡大学图书馆的激情岁月！！

我的青春里，我的生命里有这么多的美丽，那是上天对我的恩赐，我几乎无以为报，我只能这样回报——

相信我，永远地相信我，我对生命的热爱永远不变！它先于、高于"生命的意义"而永远存在！

"生命，存在着，就是让人热爱的。"

这种热爱既是天性、又是力量、更是命运！

那么，现在，可以去想那个很具体的小问题了。

是的，那个"小"问题——考研失败之后自己的未来……

经历了以上的时刻，再面对理想的困境，苏诺一下觉得它们太微不足道了，他几乎立刻就想到了解决办法，他有了新的决定！

"既然记者梦不能实现，那我还愁什么？我有今天这浩荡的阳光心情，我要，我要——开辟人生第二战场。"

是的，开辟第二战场，寻找生命第二个理想，记者之外的理想！

能让自己喜爱，不断超越而且——对世界不断贡献的新理想！

并且，最好，这一理想完全凭个人力量，很少依靠外在条件就能成功！（不再怕落榜）

让生命走出熟悉已久的大陆，走向新的领域……而在那里，二十几年一直积累的阳光财富先期等着自己！在记者梦彻底放弃时，生命本身却没有一点损失！自己仍然高昂着头，高贵前行！

看，多好，这个问题就这样解决了！

开辟人生第二战场！继续在理想中昂首前行！

多好！

而更棒的是，自己已然接近了一个更伟大的事实！

人生第二战场的开辟有第一次，就会有第二次！换句话说，某一天，当第二个理想受阻时，还可以开辟第三战场、第四战场！

也就是说：自己永远不会真正受阻，生命中一切珍贵的东西都将成为永恒！

理想，以及幸福，都是永恒！

对苏诺来说，这是他一生中极其重要的时刻，他彻底走出生命唯一的死穴，即——记者梦无法实现则生命无从落脚。这一死穴真的被生活点中，并且点得那么狠，而他却成功借助对生命本质的顿悟，完成以下的超越——

在记者梦的陆地即将沉没时，生命的其他大陆同时浮出海面！

多得让他无从选择！

他丢失了天地一角，却拥有了整个天地！

终于，苏诺忍不住在天地中，在心里，大声地喊着：

生命，生命的神奇与伟大！我不会辜负你！相信我，我永不辜负你！

跟着我，跟着我，我要把你领入——

我的，你的，我们的光辉岁月！

《罗曼·罗兰传》（五）

让一生与"为人类创造伟大成就"相连！

即使不能抵达这一宏愿的顶峰，在起点处也绝不回头！

接下来的几天里，苏诺渐渐明白了一点——其实，"创造伟大成就"一直是内心的渴望，不论这一渴望被尘封多久，不论多久都没有听人提起，自己仍然在它到来时怦然心动，以往的日子，似乎有无数的东西比它重要，比它现实，比它真实，但它依旧在蒙上万千灰尘后，魅力依然。

诱惑依然。

苏诺无法解释为何会这样，因而他愈发相信："为人类创造伟大成就"，这一念头是生命自带的光环，是生命先天的血脉，是人类诸多本能中最灿然、最有"韧性"的一种。

而现在，明天，或者下个月，它就与自己有关系了。

这是怎样的感觉！

仿佛暗恋一个女孩六七年，不敢对她表白，有一天，女孩来到面前，说了一句："明天，我们结婚吧。"

就是那种心动，近于惊颤的心动！

在明天，自己将与伟大成就有关！

暗恋多年的女孩明天要嫁给自己！

同样的感觉！

巨大的幸福炸雷般响起，那么，什么时候，才能真切感到雨水的下落，感受为伟大成就奋斗的"雨滴"——第一滴雨滴落在头上。

就像那个女孩，第一个吻吻在自己脸上。

噢，这种感觉……

这感觉太过美好，它立刻让苏诺有了一种……恐惧。

害怕……失去。

已经看到平生最大的幸福就在几步之外，只要一跃就能扑到那里，但真怕扑过去时，它又不见了。

真怕这世界有什么话语、什么道理让自己放弃，放弃追求"伟大成就"的努力。天哪，此时，我求求世间一切道理真理，不要劝我，不要说我不自量力，不要举例证明我多么不切实际，不要！什么也不要！就让我依本性行事、依对幸福的直觉行事，让我，以至高无上的勇气拥抱这句话：

为人类创造伟大成就！

第六部分

第十一章　学生时代

"怎么一点魅力都没有"

对于苏诺与张静的关系，班上已经有了猜测，许多同学认为他们在谈恋爱。但两人清楚地知道，彼此就是纯粹的友情。

不知为什么，苏诺总认为自己的恋人在北京，在北京的一所大学里。而他，将在考上研究生后才与她邂逅，最重要的是，两人一开始就该有心动！见面后的每一天，都有点心跳加速的兴奋……

但和张静在一起的感觉，是温暖，是轻松随意，是共鸣与默契，不是心动，更没有"以后如何如何……"的憧憬，一想起以后，还是像现在嘻嘻哈哈的样子。

其实，张静也一样呀！和苏诺说话时，她的眼睛会直直盯着苏诺，让苏诺觉得她的眼中只有自己，世界已经不存在，而那眼神又实在太清澈，没有任何友情外的犹疑与闪躲，让苏诺有时自嘲地说："我怎么一点男生魅力都没有！"

后来，张静也表达了考上研究生再谈恋爱的想法，在苏诺的"逼问"下，她还描述了那个白马王子的标准：成熟、稳重(仅这两条苏诺就被淘汰了)、帅气、学识渊博、并且有责任心……而一个具体的"硬件"竟是，年龄要比她大，至少大五岁，得让她足够崇拜！

于是，两人就当笑话地听着那些议论，并且自嘲着：走我们的友情路，让别人说爱情去吧！

虽然是友情，但在这种友情之中，张静会表现得比较"强势"，比如在讨论一个事情时，除了眼睛盯着苏诺，她还会不自觉地离苏诺很近，并且，在如此近的地方，一口气连珠炮地说出一大堆，仿佛在演讲。这时，苏诺常常被她的气势压着，自己说上几句，思路就有点跟不上。她用这种方式屡次"击败"苏诺，之后还来一句："唉，又把你说没词了，我的话真的那么有份量？"

只是有一次，她是一脸的求教表情，而那次求教，也是苏诺与张静交往中饶有深意的一幕……

和许多同学一样，苏诺在大学时也在想着生命意义的问题，他觉得自己的八字原则（"铸造成器，完善自我"）尚不能完全覆盖它，而且，总是觉得有个核心问题还没有解决。

一天，苏诺在图书馆里随手翻书，发现了胡适的一句话：

"其实生命本没有什么意义，你赋予它什么意义，它就是什么意义。"

这话让苏诺心一动,那就是说,生命意义的问题自己可以主宰,换句话说,不是这个命题压着自己,而是自己可以控制它……这种感觉很重要……那么,自己赋予生命以梦想与激情,这不就是生命的意义吗?

有意思的是,之后不久,苏诺与张静聊天时,张静竟然也问了一句:你说,人活着是为什么呢?问这话时她明显在试探,仿佛可以深入探讨,也可以就此打住。

听到这个问题,苏诺突然有点兴奋,在同一个时间段,如此好的朋友居然在想同一个问题,这感觉……就好像在一个非现实的"空间"两人又相遇了,有点"他乡相遇"的惊喜似的……苏诺立刻把胡适的那句话告诉她,并说了自己的理解,说的时候他还有点"先知先觉"的优越感呢。

听了苏诺的话,张静只是点了点头,笑了一下,没有深说什么,但是那个笑容……是一种松弛的笑,仿佛有什么在她心中有所释然,并且,她还说了一句话:"胡适说得真好!"之后她再也没有问过这个问题。

两人并不知道,他们的友情在这一刻有一种隐性同盟的意味。之前,他们共享着彼此的奋斗与生命激情,如今,面对"生命意义"这个大问题时,再次的同步再次的共鸣让两人有了更深的——生命意义的交集与合集。也因此,现在共享的东西可以持续更多年,大学的友情也不自知地向整个一生延续。

与张静的争吵

苏诺从没想到自己会和张静吵架。但这一幕,真的发生了。

这天晚上,苏诺兴冲冲到女寝找张静,正好寝室只有她一个人,苏诺也不客气,拿起她的杯子就喝了一口,然后说:"跟你说件事,我有个天才想法，我想在班内办个手抄杂志，大家可以在上面交流看过的书，读过的好文章，一个人看了就是全班都看了。"

"好。"张静说。

苏诺没注意到她的表情有些冷，他继续说："现在就向你约稿，文字文体题材不限，下周交稿，就这么说定了，我相信你的文笔，我也不给你改，抄工整就行。"

苏诺没注意张静脸上的反应，转身就要走。

这时他听见张静在后面冒出一句："这稿我写不了。"

"怎么了？"苏诺回头问。

"我没时间。"

"拉倒吧，你有没有时间我还不知道，少学一小时，就算帮我忙。"

"不行，我没时间。"

这话有点硬，一点热气也没有，苏诺有点急了。

"没时间也得写，下周交稿。"

"凭什么？"张静也急了。

"反正你得帮我，别人都答应了，你反倒……"苏诺说话的声音有点大。

"就因为我们是朋友，你才应该体谅我。"

"那你有没有像读后感的日记？"

"没有！"

这话直愣愣地过来，苏诺真有点生气了。

"好，你忙！就我闲着，全班就你最忙。"

苏诺这话有点冲，果然，张静"急"了："你什么态度？"

"你又是什么态度？"苏诺说。

张静的声音加大了："你一进屋就对我说了一大堆，一切都安排好了，逼我答应，你就不问问我有没有时间，最关键的是有没有——心情"。

"那好，等你心情好的时候我再来，你忙吧。"

这个"忙"字苏诺咬得很重。

张静脸涨得通红，眼睛盯着苏诺，不吱声……

苏诺开始还迎着她的目光，但她盯势不减，始终都"狠狠的"，苏诺的气势弱了，他说："我可以走了吗？"

"不可以！"

一句"不可以"出口，苏诺就觉得，觉得……

他没想到张静真的能说出那句话——"我不想，不想……让我们因为这事……"

她不说了。

苏诺心里一暖……也不说话了。

张静低下头，坐在床上。苏诺想了想，坐在她的对面。

张静始终低着头，半天不说一句话，突然，她的肩膀一耸一耸地，她——哭了。

天哪！她怎么——哭了。

她，居然哭了！

张静带着哭腔说："对不起，今天我不是针对你，我今天出点事，和寝室一个人吵架了，心情不太好……"

两人静静坐在这里，谁都没说话，过了一会儿，苏诺站起身，说："我陪你出去走走吧。"

"嗯。"

"我到楼下等你。"

这一晚，两人在校园里转了好几圈，苏诺也明白了张静吵架的原因，她寝室一个女生在和她争执时说了下面的话：

"其实你最'奸'了，装天真，假单纯！"

"这话够损的。"苏诺心想。

他没再继续问什么，张静也不说了，两人转移了话题，随便聊着天，甚至最后还聊起了彼此的小时候，还哼哼了两三首儿歌。

两人往回走时，苏诺说："知道吗，那一刻我真想摔门而出。"

"我是不会让你走的。"张静说，"刚有了那么一件不高兴的事，再把你给气跑了，我可就太亏了。"

苏诺没想到第二天早上能出现下面这样一幕——

快上早操了，苏诺站在操场篮球架的旁边，等着和同学们一起上早操，班上同学基本都到了，离放音乐也就五六分钟了。

就在这时，张静出现了，她好像是突然冒出来的，一下出现在苏诺面前。苏诺对她一笑，她也一笑，但她没走，好像要说什么。苏诺等着她开口，但她没说，只是站在那儿笑着看苏诺。

苏诺被看得有点愣，问她："有事？"

她不答，仍是那么笑着看苏诺。

苏诺觉得两人离得太近了，有的同学已经往这看了，他赶快给张静使眼色，但是张静还是那么站着，还是不说话，还是那么看着他。

苏诺有点发毛，心想：这家伙，你背对着同学，我可是……

后来，他索性也不管不顾地看着张静，两人对望着，突然间，两人都乐了。"好了，我走了。"这回，张静好像完成任务似的走了。

那一刻，苏诺好像明白了什么……

当天晚上，在大操场上，两人有着这样的对话。

"你早上都把我看毛了。"

"是吗？我也没什么事，就是想找到你，也没想到能站那么久。"

"周围那么多同学，有的都往我们这边瞅了。"

"那有什么！你知道吗？当时有一句话我没说出来。"

"什么话？"

张静一笑，又一次跳到苏诺面前，看着他，一如早晨的样子。她说："我想说，我们是好朋友，虽然大吵了一架，但仍然是好朋友！"

这话让她说得如此正式，甚至郑重，苏诺的心一颤，是的，好像都没来得及感动，而直接是……一颤。

他忍不住嘟囔了一句："谁要是和你作朋友，真不错。"

"你说什么？"

"啊，没什么。"

张静也就不再问了，但偏偏的，两人一起走了几步后，张静突然自言自语地冒出一句："谁要是和我作朋友，当然不错了！"

操场上的重要谈话

下午时分，天气晴好。

放学之后，苏诺和张静在校园主道上溜达，聊着天，两人的心情都不错。

走着走着，张静向前一步，横在路中央，站在苏诺面前："你……一会儿没什么事吧？算了，你能有什么事。"

苏诺忍着笑："你有事？"

张静犹豫着："我……有些话想和你说说，很重要的话啊。"

"好啊。"

张静眼睛发亮，说："走，换个地方说说……对了，你听我要和你说事情，是不是很激动啊？"

"激动，全是激动。"苏诺笑着说。

"是啊，这些话，在这个世界上，你是第一个听到的。"这语气，好像苏诺知道了就得了个大便宜，但确实，苏诺也高兴得像得了大便宜。

两人加快了脚步……

来到操场上，张静几步蹦上看台，苏诺则一步步走上去，他们坐下来，看着前方，看着前方的图书馆。两人都没有立刻说话，好像，这种沉默是某种必须的过渡。

过了一会儿，张静终于开口了："我一直有个苦恼，就是没想好以后要干什么，只知道要考研究生，但具体什么方向又无法确定……其实，我挺羡慕你的。"

"真的？"

"真的，说实话……我可羡慕你了！"

听着这话，苏诺乐了。

张静继续说："你的未来非常清晰，甚至知道三十岁以后做什么。对了，我在一本杂志上看到一句话，它说，有了理想，即使失败，也只是证明为它付诸的努力到了即将开花结果的时候（苏诺心一动：这话说得好！）。我当时就想到你了……我也很想像你那样，为一个特别清晰的梦想努力着……哎，如果我也能像你那样，那我不也……"

说到这，张静突然拉了苏诺一下，大声说："不行，我越说越羡慕你了！"

看着张静这个样子，苏诺突然很想拍拍她的肩，犹豫间，他抬起手，真的拍了一下。

他问道："那你现在已经有了具体的想法？"

张静"嗯"了一声，说："现在的这个想法，我很想把它固定下来。"

"说说看。"

"你知道我喜欢学英语，只要一学上英语我就能完全投入。"

"你的具体打算是……"

张静没有回答，好一会儿都没吱声，就是看着前面。弄得苏诺还有点"紧张"。

这时，张静问了一句："跟你说一个人，你知道有一个翻译家，叫朱生豪吗？"

"不知道。"

张静说："我前几天看了一篇写他的文章，特别感动……就是他翻译的《莎士比亚全集》。那时候外国人看不起中国人，说中国连全套的《莎士比亚全集》译本都没有，朱生豪就立志完成这个一百年都没人完成的事。"

张静的话一停，转头问苏诺："你愿意听吗？"

苏诺笑着说："你若不继续说，我今晚肯定过不好。"

真的，一听到那句"百年未成的事情"，苏诺立刻心动了。

张静接着讲下去："朱生豪将这个目标当作一生的梦想，而他真的为这个目标付出了生命。大学毕业后他在译书局里做事，就是一个勉强糊口的小市民，但一下班他就开始那个大工程，他身边什么资料都没有，只有一本字典。后来，他呕心沥血翻译的大部分书稿又丢了！"

张静的话一顿，苏诺的心一抖。

"那书稿里有他多少心血呀！"张静接着说，"他只好重新译，这时候正是抗日的时候，市面越来越乱，他的身体越来越差，得了好几种病，到最后连出门都困难了，已经不能再动笔了，可还有最后几部莎剧没有译……他对妻子说，早知道这样，当初拼了这条命也该把它译出来……他知道自己不行了，最后他对亲人立下遗言，他死后，一定让亲人继续完成他的翻译工作……而他，在生命最后的日子里，躺在床上朗诵莎士比亚剧作的段落……他死的时候才32岁。"

张静不说了。

苏诺的心在收紧。

苏诺心中出现着一个情景——朱生豪躺在病床上，朗读莎士比亚的剧作……他稍稍细想一下那个情景，心中有种莫名的强烈的情绪……不知为何他觉得那一场景离自己很近，仿佛不是那个时代的事，而就是发生在自己身边。

目光向前，苏诺看着远处那个图书馆，他知道，图书馆第二阅览室第三排外国文学书架，对，就在那里！他印象十分深刻，那里有装帧精美的《莎士比亚全集》！

《莎士比亚全集》，朱生豪译。

朱生豪译。

它就在那里，朱生豪一生呕心沥血的作品，它就在那里，离自己绝对不是几十年的距离，只是几分钟的路程。而今天晚上，自己就会站在那里，站在这套书面前……

苏诺很感激张静讲了这个故事。

苏诺有些出神了，而张静轻轻地碰了他一下，苏诺抱歉地一笑，说："你接着说。"

张静说："我就觉得挺神奇的，在一个国家有一篇好文章，或者好书，而另一个国家的人也许一辈子都不知道。但真的就不知道吗？有时看着杂志上好的译文我就想，有个人在一个屋子里，他对着英文原文翻译着，然后某一天，有那么多读者被他转换的文字打动了……他也许只转换了几个小时，但有的读者却感动了一辈子！你说是不是挺奇妙？然后我就想，如果那个人是我的话，那……"

"那就更奇妙了！"苏诺立刻说。

"真的？"张静问。

"不想不知道，越想越奇妙。"苏诺笑了。

张静转头看了他一眼，说："当然了，也可能我一辈子都没有那个文笔，或者一篇好文章有英语系几十个人抢着翻译，根本轮不到我(苏诺心里想这倒是个问题)，然后我就想将来可以在，在……这个领域有点大……"

"大言不惭？"苏诺问。

"你才大言不惭呢。其实我就是想，在……中外交流上做点什么。你不许笑话我……我也没太想好。我在复旦的同学告诉我许多大电视台都有国际交流节目……然后我就想把英语学好，把文学再学好，这两者我都不具绝对的优势，但两者的结合也许正是我的优势……这个工作很有意义，我在其中还能不断进步，还很喜欢它……我就觉得，它应该是我的未来目标，或者说，就是……理想吧。"

说到这，张静转过头来看他，目光中有激动，更有……期待。

苏诺的大脑快速运转，他一定要说出一句"有分量"的话，最后他笑着说："知道吗，我很荣幸。"

"怎么？"

"在你的梦想出现的时候，我就坐在你旁边，而且就我一个人。"

张静看着他，目光沉静，一字一字地说着："谢谢你！"

看着张静这么郑重，苏诺又没词了。

好在张静又说了一句："等我梦想实现的时候，你也要在我身边！"

她的语气那么肯定，甚至是命令，苏诺念头一转，笑着说："我就算了，那时候就该是……你的男朋友在身边吧。"

张静想了想，竟傻乎乎冒出一句："那你们俩就都在我身边。"

苏诺心里暗笑着："傻姑娘，那怎么可能呢，不太方便吧！"

经过那个下午的谈话，苏诺明显感到张静进入状态了。

张静继续在课间看外语，也不再和苏诺聊天，后来两人形成默契，一旦她拿起词典，苏诺就不打扰她。有一次苏诺开玩笑地问她："你是不是特希望我变成外国人，然后成天到晚缠着我？"

张静一愣，好像没醒过神，随即大笑起来，又顺势捅了苏诺一下，有些"神往"地说："真要是那样就好了。"

而周六周日，她又去泡市图书馆的英文阅览室。有一次苏诺也去那里，在另一个阅览室看书，隔着落地窗能看见她。

她身体前倾，快贴桌子上了，面前放一本书，旁边一本大厚辞典，不停地翻着，手指从书页上方快速下滑，滑到她要找的单词，歪头记下，转移目光——再看书。这个动作反复做着……

苏诺就那么看着她，看她这个只会转脑袋的"雕像"，心里很……怎么说呢？反正是那么那么替她高兴！！她正走向一条路，一条她自己开创的路。在这条路上她会越走越远，但是，她的背影越远，自己和她就越像是近邻！

奇妙的一天

这天，上午第二节课结束，同学们纷纷往外走，热闹的校园音乐从窗户飘进来……

"苏诺，等我一下，帮我去系里取个东西。"张静在后面喊。

苏诺心里笑着：这家伙，要我帮忙这么仗义。

张静磨磨蹭蹭收拾着，教室内只剩下三四个人了，突然，张静从后面一下跳到苏诺面前，公式化的表情一下变得活泼泼的，她骑跨在苏诺面前的椅子上，嘻嘻笑着："给你一样好东西。"

她拿出一个大信封，平放在苏诺桌上。

苏诺打开信封，里面又有一个薄信封，上面写了一行字，苏诺立刻叫道："你怎么知道今天是我生日！"

上面的字当然是："生日快乐"。

"我当然知道了！你都和我说八百遍了，你是一有机会就提醒我啊。"张静说，"昨天下午，我一想，这要是忘了，这家伙不得气坏了，赶紧颠颠儿选贺卡去了！"

"我真没想到你能记住，我还在这盼着高中同学的贺卡呢。"

"这么说我这是第一份祝贺了？"

"说不定也是最后一个呢！不过没关系，有这一个足够了！"

说完这话，苏诺立刻补了一句："听这话你是不是挺美？"

"对呀！"

不过，苏诺比她更美！而他又急着要看这贺卡，张静不是说是给自己"选"的吗？

"我找地儿看贺卡去了，你先呆着吧。"

走到门口，苏诺突然想起来了，回头问张静："你说的取东西是假的吧！"

"对呀。"

苏诺捧着贺卡往外走，然后匆匆下楼，飞也似地跑出去，左转右腾地在人群中穿梭。

目光明确——主楼旁那个小树林，那里安静，适合看这么重要的礼物！

走进去，苏诺把信封轻轻撕开，撕下的碎屑他都没舍得扔，都放在兜里了，心里想：张静要知道肯定得更美了！

一看贺卡正面，哇，苏诺立刻就乐了："亏她找得到这样的贺卡！"

封面上是一对牛仔，一对小男孩小女孩的牛仔！两个小孩拿着玩具枪煞有介事比划着。嘿嘿！好像小男孩还保护小女孩呢！

苏诺这个高兴！他喜欢这个封面！

轻轻打开贺卡，上面写着一大段话，什么"苏诺想尽办法把生日告之，害得我经常梦中惊汗而醒，百般祷告不可错过……"云云。然后是一些很"酸"的话，其中有这样一句：

"感谢你，让我在大学生活有了对手、好朋友，让我们一起领略青春的热情与年轻人的斗志。"这话让苏诺甜到了心里：这家伙，把她过生日时我想的话都说了。

而那落款，本来已署名的"张静"后面又多了一句：

"相信我们的友谊会天长地久！"

就在这一刻，苏诺觉得自己太幸福了！

"真的，能在大学里交上这么一位朋友，共同为理想奋斗，她还选了这么一张贺卡，在这样一个阳光灿烂的上午送给我，还假装让我去和她一起领东西，你说——能不幸福吗？"

不过他也知道该上课去了，他已经迟到了，在他刚看贺卡时，他就听见那跟他没什么关系的铃声了，现在跟它关系可大了。他开始向教室飞奔。噔噔上楼，到了教室门口，他突然有点紧张：一开门，可又要看见张静了，两人目光一对……

她会是什么表情呢！

苏诺还真有些紧张……

敲门，推门，向老师道歉，苏诺的目光向教室一扫：嘿，不只张静，全班人都在看自己。于是苏诺那么大胆地对全班同学呲牙一笑，这笑明明是只对张静的，这下全班都领了！

而张静，居然不避讳地对苏诺笑着，苏诺经过她座位时突然很想敲她的桌子，不为什么，就想敲她的桌子。敲两下，代表"谢谢"；敲三下代表"谢谢你"；敲……噢，数一下，"我相信我们的友谊会天长地久"，13个字——那就敲13下！

几天以后，在苏诺与张静的友谊篇章中，出现了这样一页——

这天晚上，在苏诺和张静的"课间休息"里，两人在校园里一起散步。月光下，一条校园小路每隔几米有盏暖亮的路灯，安静而柔和。

两人随意说着什么，张静脚步轻盈，甚至有点蹦蹦跳跳的，而突然间，她那么自然地对苏诺说出一句话：

"我已经把你当作我这辈子最好的朋友了！"

——这句话和此时的气氛十分吻合，但苏诺仍然吃了一惊，一种感动让他说不出话来。张静见苏诺沉默着，就拽了拽他的衣袖，笑着说："你倒是说句话呀，你不吱声，我岂不自作多情了？"

然后她又补充了一句："我不是在自作多情吧？"

苏诺立刻回答："当然。"

"当然是，还是当然不是啊？"

"当然不是了。"苏诺话说出口，立刻对这话不满意了，他觉得自己该更直白一些，或者本该是他说这话啊——"我已经把你当作我最好的朋友！"

让她也感受自己的感动啊！

张静继续说着："真的，我没想到在这个学校能有你这样的朋友。我是准备一低头猛读圣贤书的，所以……真得谢谢你。"

说这话时，她的目光沉静，不转开，又那么紧紧"盯"着苏诺。

"我也是。"

又被感动的苏诺一出口还是这么干巴巴的，他十分生自己的气，而他刚想说别的话，张静已经蹦蹦跳跳跑前面去了。待苏诺赶上时，她说起了别的话题，把苏诺的话给憋回去了。

"哎，我怎么不早说呢，说不定她对我的表现会有一点遗憾呢。"想到这，苏诺竟有这样的感觉，觉得她，自己的好朋友，好像受了委屈。

"你是我这辈子最好的朋友！"

第二天早上醒来，一睁开眼睛，这句话就出现在苏诺心里，立刻，苏诺觉得今天和昨天不一样了，甚至和以往的大学时光都不一样——从今以后，在校园里，不论你做什么，不论你是什么心情，都有一个女孩将你视作最好的朋友，并且，并且一看见你，就那样快乐地笑着。

这，这多好啊！

苏诺去上课，他特意走在昨晚两人走的小路上，而阳光"恰到好处"地照着，斑斑点点的光影跳跃在他四周，他又想着那句话：

"我已经把你当作我这辈子最好的朋友。"

还有下一句。

"你倒是表态呀，好像我自作多情似的。"

苏诺笑了，内心荡漾着满满的欢乐，而他还想到，此时，说这话的女孩也许就离自己不远，也许过几分钟她也要走这条路，并且看着这条小路……或者她此时已经在教室里了，正"老僧入定"地看书，几分钟后，自己一推门就能看见她了，也许，也许……

苏诺发现：尽可能多地想着说这话的女孩现在在干什么，是件如此快乐的事！

进了主楼，上楼了，这楼太熟悉了；拐进走廊，这走廊太熟悉了；要推门，这门太熟悉了，它们见证了两人友情交往的每一步啊！推开，推开门——

一眼就看见张静了！

她没有"老僧入定"，而是目光紧盯着这门。

门一开，她就笑了！

苏诺迎着她的笑容走过去，绕过她，坐在她的后面。

张静立刻一回头，塞给苏诺一张纸，然后转过身，轻轻哼起一首歌。

苏诺拿过这张纸，放在桌子上，见上面有一句话，确切地说是一道题，一道选择题：

张静和苏诺是最好的朋友：
A.是　B.当然是　C.怎么能不是呢　D.yes!

看着这张纸，苏诺乐了，听着她在前面哼着歌，更大的欢乐在他心头一漾一漾的。

苏诺坐着好一通想，希望自己有个绝妙的回答，让她，让她一看也能立刻笑出来，让她也体会那一漾一漾的欢乐。

但憋半天没憋出来，他只好无奈地把第一个方案(本以为还有更好的)写在上面。将ABCD全都选上，然后在"是"字的前面加上"永远"两个字（张静和苏诺永远是最好的朋友），然后敲敲张静的椅子。

张静回头一笑，一把抢过这张纸，也不看苏诺就转过身，歌声停止，安静地看那张纸。

仅仅四个字母，她看了近一分钟。

在这一分钟里，苏诺看着她的背影，她看着苏诺的答案，她不回头，苏诺也不打扰她，两人都是一动不动……

那种感觉，那种气氛……

苏诺相信自己将终生难忘。

第十二章　工作

王雨，你怎么了？

苏诺回到了省城。

第二天晚上，苏诺就把王雨约出来，请她吃晚饭。

苏诺希望和王雨多接触，是那种"主动的接触"，并且真的期待着，在这样的接触中，那种很自然的"强烈"的心动可以出现。

在苏诺公司旁边一个小酒馆里，两人相对而坐。

两人的话头很散，但明显都有点兴奋，不知是天热还是激动，王雨进屋不久脸就有些红。苏诺盯着她看，一边看一边笑。不为什么，反正忍不住想这样。

王雨低头喝茶，或者转头看室内的人。突然，她一转头，正对着苏诺，一撇嘴说："你总看我干什么？"

苏诺笑着说："我突然发现——你挺漂亮。"

"你，你这个人……"王雨低下了头，咬着嘴唇。

她的样子更好看了。

王雨抬起头，举起酒杯和苏诺碰了一下："来，我敬你一杯吧，祝你以后无论做什么，都快快乐乐的。"

两人碰杯。王雨又问苏诺以后的打算。苏诺不想细说什么，就把话题岔开了。王雨也就不再说了。渐渐地，她也开始"盯"起了苏诺，并且说着："知道吗？我现在有点迷糊。"

"怎么？"

"我就想，我是怎么认识你的，还和你经常出来吃饭……再想和你见面的舞会，就觉得和做梦一样。"

"是美梦还是恶梦？"

"当然是美梦啦，有时还觉得占了大便宜。"

两人越说越高兴，苏诺还特地要了一小瓶白酒，自己喝起来。屋内有些热，他把外衣脱了。而王雨拿着那小巧的白酒瓶看，问苏诺："这个……什么味？"

"没喝过？"

"没有。"

"要不，你尝尝？"

"行！"

没想到王雨这么快就答应了，她甚至还有点兴奋。

这之后她就不仅是尝了，而是彻底和苏诺对喝起来，渐渐地，苏诺发现这酒有点上头，而王雨也满脸绯红。她好像更有兴致了，主动给苏诺倒着酒说："我要再喝点，你不会讨厌我吧？"

"当然不会，今天高兴，我陪你喝！"

两人越喝越多，气氛也越来越好，后来索性又要了两个小瓶。苏诺也喜欢这样——在半醉中大胆盯着王雨看，觉得周围人都不存在，眼中只有她，她因此也更加好看……王雨的胆子也大了，苏诺看着她，她也"看"着苏诺，绝不示弱。

喝了一个多小时，两人都有点迷糊了，也该走了。不过，走出饭店没几步，苏诺就发现王雨有些晃，他赶忙扶住她。王雨笑着摆手："没事，没事，长这么大我第一次喝白酒，喝酒……不好受……"

又走了几步她说："我怎么这么困呢？困……"

她的声音渐渐小了，好像站着就要睡着了。

苏诺赶忙拦了一辆出租车，把王雨放在后座，说："你躺一会儿，睡会儿，一会儿就到了。"之后，他坐在副驾驶的位置上。

一路上，苏诺几次回头问王雨怎么样了？她都没动静。最后，苏诺确认，她已经在后座上睡着了。

"我是苏诺！"

车子到了学校门口，苏诺把王雨叫醒，扶她下来，王雨看了看四周，没动地方。苏诺说："扶着我，我送你回寝室。"

但王雨竟甩开他，直愣愣向主楼方向走去，走得很快，好像什么也不顾似的。苏诺赶快跑过去拽住她："你去哪？"

王雨看着他，两眼一片茫然，然后狠狠瞪了他一眼，说："不用你管！"苏诺一愣，随即他想到，是酒精起作用了吧，他突然有点害怕，他觉得王雨好像不认识自己。

他试探地问："你看看我是谁？"然后大声说，"我是苏诺！"

　　王雨仍然两眼茫茫地看着他，然后低下头不吱声，像犯了错的小学生，并且还想睡觉似的身子软下去……苏诺用力摇晃她。她睁开眼，看了苏诺一眼，挣脱开，又向主楼走去。结果没走两步就摔倒在地上。但她并不起身，反倒调整了一下姿势，好像要躺在地上睡觉……

　　苏诺这下真急了，他断定王雨喝糊涂了，而且……很严重。

　　周围的学生不多，但看见王雨倒在地上，已经都往这边看。

　　苏诺拽起王雨，抓着她的一只胳膊，用力往前拉。王雨明显没什么劲了，任凭苏诺拉着，嘴里始终嘟囔着一些话："你是谁呀？你拉着我干什么？我自己能走……你干嘛拉着我……我困，头疼……快到？快到哪了？……我头疼……"到后来声音越来越小，说的话越来越不贴边。后来竟喊出一声"妈"，然后又不知说些什么了。

　　一路上苏诺始终面带笑容说着，像哄小孩似的，但心里已经慌了。一个念头冒了出来："是不是酒精——中毒啊？"

　　天哪！

　　他被这念头惊出一身冷汗。

　　他拼命地摇王雨，甚至打了她肩膀一拳。但她仍然一脸糊涂，两眼望着地面，耷拉着脑袋，苏诺手一松她就往地上倒。

　　苏诺相信自己无法让她清醒了，他把她扶到教工寝室楼，放到收发室，请门卫用对讲器叫她的好友贾晓琳。

　　这期间王雨一直坐在那儿，两眼发直，低着头。苏诺盼着贾晓琳赶快来，但又有些不敢见她——王雨喝成这样，这让他怎么交代啊？

　　门一开，苏诺一惊，抬起头，看见了贾晓琳。

　　她对苏诺笑了笑，但一看椅子上的王雨，愣住了。

　　苏诺说："对不起，我没想到会这样，她喝多了。"

"别着急，我看看。"贾晓琳走过去，摇晃着王雨，"王雨，是我，看看我。"王雨看了看她，又闭上眼睛，耷拉着头。

"我送她去医院吧。"苏诺绝望了。

贾晓琳没吱声，想了一下儿说："还是先回寝室吧，观察一下，给她喝点醒酒药，说不定一会儿就好了。要是这么去医院，到明天知道的人多了……影响不好……实在不行我再送她上医院。"

她不说了。

苏诺在心里狠狠抽了自己一个嘴巴，对自己喊着："苏诺，你，你！"

贾晓琳看着苏诺："你回去吧，这也不让你久呆，你也不能上去，凡事有我们呢。"

苏诺苦笑着："你说我能回去吗？"

"那你？"

"离这最近的旅店是什么？"

"你想……"

"有吗？"

"有一个，不过是大酒店，挺贵的。"贾晓琳说。

苏诺说："麻烦你把王雨送回寝室，半小时后你下来在这等我一下，麻烦你了。"

"你想……"

"你别问了，半小时后门口见。"

走出寝室楼，苏诺打车回公司，取出放在自己抽屉里的所有的钱，又找出身份证，然后在一张纸上写下自己的手机号，关门，下楼，冲出办公楼，拦车，直奔学校。

一路上苏诺紧闭着眼睛，真希望是一场虚惊，到那里王雨就好了，好得比自己还好……

　　车到校门口，跑进去，快到寝室楼了，看见贾晓琳正在那等着！

　　她什么表情？

　　还是一脸焦急……苏诺的心凉了。

　　"还不行吗？"

　　"还是谁也不认识，还硬冲着往外走，我怀疑是不是……"

　　"什么？"

　　"是不是酒精中毒了？……大脑神经受……损害了？"

　　苏诺身子一抖，不知为何他想起以前看到的新闻——某个人陪领导喝酒，喝太多，后来……大脑神经受损，成……成……植物人了。

　　苏诺觉得浑身冒凉气，胸口发闷，这种想象把他吓傻了。

　　"我送她去医院。"

　　"再等一等吧，我已经买了醒酒药了，刚给她喝下，她睡了……再过两小时我们把她弄醒……若还不行就送医院。"

　　苏诺这时候真是大脑一片空白了，甚至有点恍惚，而他的心里还是那个可怕的想象：大脑神经受损，成……成植物人。

　　他突然想大哭，为了，为了这种想象居然和王雨贴边，而且还很像，而这又是他造成的！

　　"那你呢？"贾晓琳问他。

　　苏诺有些麻木地把那张纸条取出来，说："这是我的手机号，我去那个酒店住，我也不睡，有消息，不论好坏，你们都打电话给我，我马上就过来……钱我已经带来了。"

　　"好的，过两小时我给你打电话。"贾晓琳说。

噢，两个小时，这之后，王雨会是什么样?

那座冰山

苏诺在学校旁边的酒店住了下来，等着……

他刚刚让心静了一点，那些话就冒出来了：酒精中毒…………喝得神智不清……有些傻似的……植物人。

这些念头一出现，每次都重重砸在心上，苏诺对自己说着：不可能！而且在理智上真的认为不可能，并且嘲笑自己神经质，还拿以往几次"杞人忧天"的事例劝慰自己。但那个可怕的念头挥之不去，它即使在远方，也像是远方的一座冰山，太大，太冷，时刻感到它的凉气……

苏诺把电视打开，换着频道，最后锁定一个电影看着，特意集中神看着……看了几分钟，他突然想起什么，赶忙把手机从兜里拿出来，放在床上，继续看电视……又看了几分钟，他去打电话，打自己的电话，一听并没有欠费，放下心来，继续看电视。

看了一会儿，他好像看进去了，但又什么也没记住。过了一会儿，眼瞅着电视就视而不见了，心里想着王雨，全是王雨，脑子里出现着一些情景：她醒了，起身，然后头晕有些晃。但她清醒了，清楚地认识室友了，神智恢复了……然后便是另一个样子：她仍躺着，还不醒……恍惚地，苏诺还想着以往发生在两人之间的事情，但一时间什么都想不具体……

渐渐地，苏诺觉得头有些疼了。

苏诺知道自己不能睡，他心里有一个时间限制——两个小时，那是贾晓琳叫醒王雨的时间；就是手机要响的时间；就是那座太遥远的冰山是否冲过来的时间！

又想到那个可怕的念头——"植物人",苏诺又自嘲地笑了:"怎么会呢?"

但是,鼻子却有些发酸:

"上帝保佑,老天爷,保佑王雨吧,别让她出事,别让她出任何事,她那么好,她给我买热呼呼的包子,你忘了吗?"

想到这儿,苏诺的鼻子又酸了。

时间一分一秒过去,电视里的节目一个个结束了,手机一声也没响,苏诺甚至希望哪怕有人打错了,那东西能响一下也行呀……

但大半夜的,谁能打错呢!

看着手机,苏诺心里一阵阵发紧,好像那个手机随时都会响,而且声音将极大!

这是什么滋味,就等着它响,而它一旦响,不论怎么样都会吓一跳,心脏好像要"绷不住"了。

真难受,难受……但苏诺想:这难受和王雨比又算什么呢!

时间一点点过去,苏诺什么也不想了,电视开着他也不看了,闭上眼睛盘膝坐在床上。

这么坐了一会儿,他很困了,又躺下,强睁眼看着天棚,他知道再闭眼就该睡着了……又过了一会儿,他看表,发现才过去十几分钟。

他坐在床上,靠在被垛上,头稍后仰,手里紧紧握着那个手机,好像又怕握紧了听不清声似的,手又松了一松(在这种半混沌的紧张中,他真的有些神经质了)。

他等待着。

心里一片安静,大脑一片空白,念头,没有了,情绪,没有了,感觉，没有了……

只有一个潜意识模模糊糊，但很持久——

手机，声音，王雨，还有……大脑损害……

可能过了半小时。

也可能过了一小时。

也可能又过了两个小时……

手机没有响。

王雨肯定还没醒，否则贾晓琳早就打电话了。

苏诺的心凉了。

就在这时，他突然想到一个情景：王雨送他上教室，对贾晓琳一扬脸说，你不总说我像农村大妮吗？我看什么都新鲜呗……

苏诺的眼泪在往上涌。

他心中突然产生一种冲动，想跑到王雨寝室楼外站着去，他觉得自己这么舒服躺着，而王雨半昏迷地躺在那里，他，受不了……

此时，他不再回避那个念头了，让它"自由"地出现：真的喝成酒精中毒了？真的如报上所说的……酒精中毒……成植物人了……

"那我就养她！我就养她一辈子！"

苏诺在心里喊了一句！

"是的，那我就一辈子不结婚了，养她一辈子。"

这念头刚出现，苏诺就几乎完全接受了。

"自己养她，要不她天天躺在那，天天躺在那……她说的那句话，我要是有你一半口才就好了，你就不用这么发愁了。"苏诺眼泪流了下来，他在心里大声说着："王雨，真那样，我就养活你，我会为自己的行为负责，为你负责！"

"我会和你在一起，一辈子在一起！"

"是的，一辈子在一起！"

"你躺在那，什么也不知道……旁边也没有人……我在你身边……那你也不知道什么，但我知道，你不会孤零零一个人……我养活你，我不结婚，不结了，和你在一起，还有我自己的梦想，这一生……我不会遗憾的，真的，一点遗憾感觉都没有……甚至觉得生活本来就是这样的，就像我们本就在一起，后来你出事了，失去知觉了。"

"你出事了"几个字一出来，苏诺心又一紧，他的决心更大了，并且仿佛面对王雨似的，郑重地说着："王雨，我会和你在一起，你若真的……我们就在一起了。"

苏诺的内心平静了……

然后，他抹了抹眼泪，跪在床上，低着头，开始为王雨……祈祷，并且订下一个目标——必须说满一百遍：王雨，平安……

苏诺开始祈祷……

就在苏诺祈祷到快六十遍时，手机……响了。

是一个短信！

"你安心睡吧，王雨没事了。"

哗地一下，什么东西掉地上了，苏诺心里有什么掉"地上"了。

苏诺把自己狠狠摔在床上，平躺下来，立刻，他觉得，自己是世上最幸福的人。

这种感觉持续不到半分钟，他的头一歪，就睡过去了。

《罗曼·罗兰传》（六）

苏诺在等待……

与其说在等待，不如说在坚定着一种信念——用我的一生，为人类创造伟大成就，不问结果地拼搏前行。

他同时知道，这句话不仅被罗曼·罗兰证实着、被自己追逐着，更被几千几万人以一生供奉着！是的，它是历史上所有追求伟大成就的人们共同的秘密，它一出现就占据着庞大的精神空间，那里面浓缩着什么，隐藏着什么，又欲喷薄着什么，而这个"什么"又让生命永远勃发，并实现真正意义的"生生不息"。

现在，只剩下一个问题了——用什么方法，实现这一切？

谁能告诉我：用什么方法，实现这一切！

噢，伟大的梦想，一定不能错过，一定要用什么办法让自己真正进入它。自己一只脚已经迈了进去，即使成为单腿人，也要"金鸡独立"站在伟大理想的天空之下！

以上的念头如此有力，它于瞬间调动生命的全部力量，阻止苏诺回到过去。虽然过去的生活也很灿烂，但有什么比"为伟大梦想而奋斗"更让人激动！

好在此时，苏诺已经感觉到：如果让他真的放弃伟大梦想，放弃为人类创造伟大成就的渴望，已经不可能，因为他需要跨越生命"倾巢而出的力量"，幸福的力量！

不可能！

根本无法跨越！！

而他，为这种"不可能"欢欣不已……

现在，真的只剩下一个问题了——用什么方法为人类创造伟大的成就？

"我会找到这个办法吗？"

"我会在这本书里找到这个办法吗？"

寻找的意志已是箭在弦上，不得不发。

不，它发出去了！

苏诺想着，也许这一方法会在几年后的某一天出现，但最好是——现在，在看这本书的过程中，在和书中气氛融为"一体"时——横空出世！一旦它如此出现，刹那间就能得到最大的支持！最大的礼赞！仿佛，精神王国的臣民都已准备就绪，就等着新王子诞生那一刻。

天地沉静，只等这个婴儿第一声的啼哭……

第七部分

第十三章　学生时代

扫荡图书馆！

对苏诺来说，大学二年级是非常"不一般"的。

在下半学期的一个下午，苏诺迎来理想世界"核能量爆发"的时刻！

那天下午，全班参加学校劳动，休息时，同学们在操场三三两两坐着。苏诺坐在地上，看着远方的天空，胡乱想着什么。当目光停留在图书馆时，他盯着它看了半天……

他的视线在各个阅览室窗户上"游走"，念头也多了起来，那些与"记者梦"有关的念头，仿佛也成了玩兴正浓的孩子，在他目光上打着"滑梯"。

"记者，好记者，我一定要成为一个有着丰富知识的记者。"苏诺想着，"那我……一定要博览群书。"

"对，博览群书！"这四个字谁发明的，不错，就像精神食堂里的一块大蛋糕。噢，精神食堂，自己的比喻也不错呀。

就在此时，苏诺心中冒出一个念头，一个让他吓了一跳的念头：

"我，我要把文科每个系所有的重要的书籍都读到！"

……

这念头太过突然，但本能的，一种狂喜同步而生，而苏诺"发达"的想象力也"喘着粗气"开始奔跑，毕业那天离开学校，也许，我将拥有以下的收获——已经把文科所有系的所有重要书籍都看完了！

是的，文科各大系全都涉猎！中文系！历史系！哲学系！经济系！法律系！对！还有美术、音乐、建筑、心理学、地理乃至考古，以及数学、科学史等学科！这些知识连成片、堆成山、成为一个体系进入我的世界！

扫荡图书馆！

对，扫荡图书馆！

作记者要作杂家，必须知识渊博，那我把那么多系的知识全扫荡了，那得多渊博呀！还能有比这更渊博的吗！即使北京的新闻学子，他们再厉害也不过如此了！我完成这一宏愿，当然不比北京最优秀的新闻学子差！那么我以后当然可以做记者，做中国最好的记者了！

做中国最出色的记者！

天哪！

苏诺一下站起来了！

随后他又坐下了，看着、盯着、紧紧、紧紧盯着图书馆……

同时，欣喜、狂喜以及无边的诱惑，开始奔腾，它们在苏诺周围盘旋，无论苏诺"跑"到那里，仿佛都被它们踢到，最舒服地踢上一脚，而苏诺，此时的苏诺，心中只剩下一种东西——惶恐。

是的，惶恐。

"我，我能做到这一点吗？"

"不！不是能否做到这点，而是，我能坚持这么做吗？"

"能，我能！我知道两年之力根本不可能读完几大系的书，甚至各系的知识仅仅知道皮毛就不错了，但我能坚持读下去、学下去，收获下去！尽自己最大的可能、最近距离接近那个宏愿！做中国最出色的记者！那个宏愿值得我这么拼两年，绝对值！我在一天天向它走近，这，就够了！"

仿佛，一种无声的承诺已经出现，这种承诺不是通过辛苦获得快乐，而是通过快乐"收获"更大的快乐，这承诺能不坚定吗！

这便宜，不占白不占呀！

苏诺已是喜笑颜开了，一抬头，他看见了辅导员，戴着圆边小眼镜小圆脸的李新老师。他突然冒出一个念头，于是拍拍身上的土，向李老师走去。

"李老师，我想问你个问题。"

"什么问题？"

"我想问一下，有没有这么一种情况，就是在大学里，把文科系所有重要书籍都看一遍。"

"什么？"李老师一愣，"你再说一遍。"

"就是把中文、历史、哲学、图情、地理、心理学、政治、经济等等系的书都看一遍……"（念这些文科系名字的感觉真棒）

李老师稍顿了一下，问出一句："你怎么有这念头？"

苏诺说："我没这么想，是我的一个老乡问的，他是大一的。"

"你这同学倒挺有意思。"李新笑了，"至于能不能，我看……"

奇怪的是苏诺竟一点不担心什么，他甚至希望李老师说——

果然，李新说了："当然不可能，这书太多了！"

太棒了！苏诺就盼着这句话！

"哦……"苏诺装出有点失望的样子走了，走远后，他像个孩子一样猛挥了一下拳头！

苏诺当然知道，别说两年，就是四十年也不够啊，但他只是在寻找坚持这么做的信心。而这信心被一种斗志，因李老师的回答而激起的斗志支撑了！还没有人这么做，太好了，我要做岂不就是第一人了！

之后的几天内，苏诺一直处在激动之中，他已经看见远方赫然出现一个窄窄的门——让梦想得以实现的门，虽然很窄，但他愿意，愿意把自己变成世上最小的侏儒，只要能让他钻过去。

他知道，即使有一万人以一万个理由证明这种想法的大胆，仍不能消除他的激动！因为那些人在理想之外，在（苏诺）十年梦想之外，而苏诺，在翻滚的热情及对理想虔诚的跪拜里……他与记者梦近在咫尺，不用任何东西相连，仿佛天地间本没有其他东西，只有他和这一理想彼此奉养、彼此呼吸！真正进入理想世界的人都知道，到了这种时候，各种道理只是风来风去，这里的人，已经有了对理想和成功近于"宿命"的自信！

扫荡图书馆！最大的知识储备！最出色的记者！

苏诺以为已经达到激情顶峰，但是，青春的能量永远不是心灵所能预感的，十几天后，他竟遭遇了另一个激情时刻。

再见，苏老师

那天晚上，苏诺从图书馆出来，到主楼学习，并和张静会合，走上主楼三楼的走廊，他一眼看见不远处有个女生在走廊看书，苏诺有点好奇，路过女生时特意看了一眼。那个女生一抬头，两人都一愣：

"苏诺！"

"苏华！"

她居然是苏诺的初中同学苏华！

"你也考这来了？"苏诺问。

"是啊，在历史系，你呢？"

"我在中文系。"

初中时两人接触并不多，而上了大学，两人在一个学校住在一个楼，竟然都不知道（男生在一二三楼，女生在四五楼）！

"你怎么在这看书？"苏诺问。

"找不到教室了，索性就在这了。"

"这很暗的，你不要眼睛了。"

"没事。"

几句话说完，苏诺有点没词，他很想多聊会儿，但觉得苏华有这股学习劲头，自己不该过多打扰。

"那你继续看吧，改天再聊。"

"那好……对了，我在411寝，改天见。"苏华笑着说。

"我在212，那……你看吧。"

苏诺往前走着，正走着，忽然听见苏华喊他："苏诺，等一下。"

苏诺回过头，苏华跑过来说："我想起个事来，你能帮我个忙，帮我找一个英语学得好的同学吗？"

"干嘛？"

苏华说："我高中时改学俄语了，现在上的也是俄语课，但我想……想再学英语"。

"怎么？"

苏华犹豫了一下，很轻地说了一句："要是大学毕业后能掌握两门外语，那……那也不错。"

苏诺一愣，随即心里一动，他立刻觉得，她的想法肯定让她很激动。

苏诺脱口而出："我英语还行，我可以教你。"一出口他就有点后悔，这意味着俩人以后要经常单独在一起，这……

"好哇！"看来苏华倒没想这么多，"不过，你能保证我毕业时英语过四级吗？"

"没问题！不过你得准备吃苦！"

"吃苦权当减肥了……那你这算答应我了，我们什么时候开始？"

看着她越来越兴奋的表情，苏诺突然间有种感觉，对她攻下第二外语吃的那些苦——非常羡慕。

一个念头冒出来，苏诺说："我可以教你，但有个交换条件。"

没想到苏华一下猜中了："让我教你俄语？"

"聪明！你得保证我毕业后能说几句完整的俄国话！"

"不行，"苏华一板脸，"想当我学生必须得用功，否则别人一看我的学生这么差，我一点也没面子！"

"没问题，那我们就一言为定！"苏诺伸出小手指，要与苏华拉钩。

苏华先是一愣，随即上前一步，用手指一勾，说着："OK！"

和苏华约好周日去她寝室"拜师"后，苏诺就告辞了："好了，我要走了，再见，苏老师！"

苏华也脱口而出："再见，苏老师！"

两人忘了彼此都姓苏，彼此看一眼，笑了。

当天晚上，苏诺看着寝室书架的外语书，脑子里想起一个人——伟人马克思。马克思在五十岁时从头学俄语，并且学得那么好，而马克思一生总共精通十几门语言……然后，苏诺"偷偷"对自己说：要不，哪天再找个学日语的同学？

做中国最好的记者，扫荡大学图书馆，考新闻专业研究生，还有——攻下两门外语！

这就是苏诺的大学生活！

每天，一睁眼睛，以上的念头就小跑似的占据他的视线，一天之中，无论上课下课，或者是去食堂吃饭、打球，或者只是在宣传栏上看点什么，以上的念头都拼命"跃动"……而一旦坐下来正式学习，立刻，那些目标就仿佛已经实现似的。于是，看书的表情虽然是平静的，但是，"欢乐激动"随着书的页数——在同步增长，拼命加大加厚，使得苏诺一放下书本，立刻被迎面冲来的巨大满足感所笼罩！

学习结束，回寝室吃饭，走在校园里，苏诺心里充实快乐得不得了，他完全沉浸在浩大理想所独有的无尽欢乐中，仿佛一条鱼游进海里，双目所见，心里所感，五官所触的全是，全是水的感觉，这水，就是理想的欢乐，就是这样一句话呀：

"扫荡图书馆，攻下两门外语，做全中国最棒的记者！"

火热生活，君临世界！

小精灵

晚上六点。

每一天。

苏诺走进大学图书馆。

开始他的扫荡图书馆工程。

很多时候，太过虔诚的心境使他进入阅览室时一眼也没往里看，没有一本书进入视野，甚至于，他有意在收紧眼角的余光。

他在等待。

等待见到那么多书籍的第一眼。

长方形的大阅览室，书架依墙而立，布成环形，上面满满的厚厚的都是书！

都是他的！

都是他的！！

他走进去……

他走得很轻，手也本能轻握着，仿佛握着属于自己的什么东西，那些东西已经在"动"，却因苏诺的不敢出声"凝滞"着，使得苏诺的沉静不再平整，仿佛凸凹有致。

稍稍平静一下，苏诺来到一排书架前……眼睛盯着一本书，看着，没有任何一个念头出现，只是看着……

静默一两分钟，他把手在衣服上轻轻一滑，仿佛一个擦手的动作，伸出去，用手指轻轻触了一下书，感受着与书页接触一刹那的感觉……

然后，拿下这本书。

拿下它，就是一个仪式，每天上演的情景正式登场：各大系各大专业的重要书籍全都涉猎……中文系！历史系！哲学系！经济系！法律系！还有艺术、美术、音乐、建筑、心理学、地理乃至考古，以及数学、科学史等学科！

都是他的！！

取回书，心情一凛，瞬间进入状态，向座位走去……

他的座位很固定，位于靠窗的一个大桌子的一角，有意思的是，桌子上面还放着一盆兰花。

坐下，低头，看！进入另一个世界。

"不知有汉，无论魏晋。"

他全身心跟着书里的思路行进，仿佛心甘情愿交出自己，而书中仿佛也有一个"小精灵"，牵着他默默往前走，直到……他读着读着忍不住心中一声喊："这段话不错！"

他看到了书中的妙处，心跳加速，对此书的期待陡然加大，他开始和小精灵加速急跑……

某一刻，他突然有种过电的感觉，那是在书中找到共鸣，他开始主动紧握小精灵的手，唯恐失去它似的，突然间，他来到一大片"乱花迷人眼"的精彩之处，他无法细想某句话的妙处，就要立刻承接下几句的精彩，他的思路让成片的"快意"弄得大乱，承受着妙不可言的感觉一股脑长时间的倾注……

"太过瘾了！"他对小精灵喊着，"不过，能不能停一停，我想把它们记下来，我必须记下来，现在最大的冲动不是看，而是记！"

小精灵"无奈"地撒开手，苏诺一笔笔工整记着……小精灵暂时呆在一边，默不作声，仿佛是阅览室里的另一个同学。

记下来了，苏诺放下笔，这时他发现跑得有点累了，头有点胀了，他告诉自己："得休息一会儿，出去溜达溜达。"

小精灵笑了，它好像看透了苏诺的心思——不是休息，而是想再度以"平静而饱满"的状态回来，并且"彻底"敞开心灵，让书中一切丰富粲然的感受如风穿行，让桌子上有花开放，心中有莲花绽放……

这时，如果恰巧抬头看见窗外的星星，以及面前投入看书的同学，再深深吸一口清新的空气，那种感觉……

实在是太美妙了。

"神秘邻居"

在扫荡图书馆时，苏诺尤其爱看各个专业的发展史，比如《中国建筑史》《中国美术史》《中国史学史》《中国科学史》《法律史》《中国经济史》《中国文学史》《中国哲学史》《西方哲学史》等等。而在这些书中，苏诺对各个阶段代表人物的贡献很感兴趣。

看着这些贡献，苏诺会觉得该专业的知识不只是文字，而是幻化成了许多高贵的灵魂，正是这些灵魂让这一领域的价值——从少到多，从简单到系统，直至最后，以近于壮观的态势出现，为世界更好地服务。

有时，他看到科学史中某个重要的发明出现，或者文学史中一部杰作诞生，或者经济史里一个里程碑式的著作问世，或者建筑史里一个建筑精品完成，他就会想，这个科学家、作家、建筑家，他在完成这一成果时是什么样的？在即将成功的关键几年里，他又有怎样的精神状态？

确切地说，那是怎样的激动和幸福啊！

偶尔，他也忍不住对自己嘟囔着："你看人家一生是怎么过的！过得多带劲多过瘾啊。"这么想时，苏诺会觉得自己的生命好像只有光泽，而那些人则是光芒！

耀眼的光芒！

同时他也隐约觉得，那些人的一生有种让生命更加强大厚重的东西，那个东西是什么呢？

苏诺一时还说不清，但是……他真的很希望自己也有那些东西。

后来，在大三的课堂之上，许多老师经常提到一个词——人类。比如：人类的解放，人类的幸福，人类的前途与命运，人类的精神财富等等，这些词从老师口中说出来很自然，苏诺也不觉得它们很"大"，或者很"虚"，而听得多了，他也将目光放得远些，有时想什么事，不自觉想着地球上所有人如何，有一次想起记者梦，还想着会不会有个外国小孩，比如墨西哥小孩，也是从小就有记者梦呢……

其实，在大一时，哲学老师就很动情地讲过，马克思在十八岁时写下一句话："我的幸福属于全人类！"苏诺当时觉得马克思真伟大，但也知道，自己还不能这么想，自己的理想与"社会"有关，但与"全人类"还有很远距离。不过，两者的性质是一样的，初衷是一样的，只不过后者是顶天立地的山峰，自己是山峰下也不错的小土包。

后来，苏诺还有意把"为全人类的幸福做事的人"想象成一个个和蔼可亲的邻居，而区别在于——自己义务打扫门前的街道，而他们在扫着全区、全市的街道！

最初，苏诺觉得这个比喻似乎有点不敬，但忍不住想让伟人在"情感"上与自己更近一些……让他们成为最近的邻居，最好把自己周围的院子都住满了。

偶尔，当某个老师激动讲着这些伟人的生平时，苏诺就想，自己肯定成不了伟人，但如果有机会做点什么事，这个事对全人类都有点好处，那样也不错！嘿嘿，岂止是不错，简直是太不错了！想一想，有一天，真的有人对自己说，你这个成果，全人类都受益了，那自己不得美死，不得激动死！而这种激动和欢乐，当然要比实现记者梦还大呢！

两个伏笔

在扫荡图书馆期间，每次浏览书架上的书籍，如果看到一类特别的书，苏诺都会觉得很亲切，这就是"儿童文学"，而打开其中任意一本，看到作者的名字，又常常有一种尊敬，仿佛能透过名字感受到他为孩子虔诚写作的情怀，有时还想象着这个作者坐在一个屋子里，为了那么纯洁的目的，一字字写着，字数越来越多，最后形成的就是眼前看到的一切，对孩子那么重要的一切。

这些念头或无意或有意出现在心里，感觉很舒服，这种舒服甚至会影响看下一本书的心情……

而所有这些感觉，都是这个图书馆预设给未来的一个意味深长的伏笔。

另一个重要伏笔，则与鲁迅有关。

准确地说，是与撰写鲁迅选修课的结课论文有关。

在写这个论文之前，苏诺订下一个原则——不用任何引文(他人研究成果)，也不读相关文章，通篇文字全是自己思考的结果，即便立论有漏洞，即使文章显幼稚。

他觉得这次的论文不仅是一种"考验"，而是"一种检验"，是这段读书时间的整体检验。

写论文的12天内，每天晚上八点，他就走出图书馆，走向自习楼，走进教室，径直走向最后一排，坐下，放下十几张稿纸，把笔放在上面，将笔帽拉开一些，开始思考。

由于他写的东西与鲁迅的精神境界有关，又决意不找参考资料，因此在进行这种"探求"时，只能竭尽全力地向心灵的细处、深处挖掘，否则根本写不够要求的字数。

于是，在思考时，他凝神闭目，力求"深深"走进鲁迅的心灵世界，不停地问：那一刻他倒底会想什么？他为什么会有这种想法？这种想法出现时他是怎样的心情？这种心情与别人的类似心情又有何不同？他精神世界里最重要的是什么？这些东西在他心路历程中，每个阶段的具体表现又是什么？……

苏诺就这么想着，每次"想"到一个貌似"清楚"的东西，又觉得这一点别人也能发现，就继续往深处想，以至于有时，他觉得自己的心态在细节上气氛上与鲁迅有了一种吻合……甚至产生这样的念头——如果我生在那个时代，我有这种心理细节及气氛，并且持续一生，我也会像鲁迅那样想，那样做！

想到极深入时，渐渐就入了"境"，恍惚觉得，周围的一切在视线的余光里——向时光深处退去，眼睛下的论文也有了老照片似的泛黄的"色泽"，对这种恍惚，他还有意再"深化"，把自己想象成跟鲁迅很像的人（还不敢直接想象成鲁迅），甚至于，唇上也有着密密的胡须……

噢，那种感觉……

这样的思考，苏诺每天晚上进行一小时。

它又连续持续了12天！

12天里，苏诺那么强烈地感到，人的心灵是太过丰富的世界，那么多缤纷的心灵财富如果不这样感悟，一生都注意不到。大学中自己一直在阅读鲁迅，好像很了解他，实际上，鲁迅的心灵一旦被认识到"细节"毕现的程度，就会发现其闪光点，那些折射人性光辉的"点"比预想的多几十倍！毕竟鲁迅一生都在这样做呀！

在以往，自己握住一块金矿石，就以为很有收获，孰不知这一小块金矿石只是一座金山的一角。

到最后，苏诺惊喜地发现，12天的思考让他获得一种能力，或者说潜力——能够走进并深深走进，能够打开并最大程度打开某个人的精神及心理世界，并且总是满怀热情地寻找其中的闪光点(不是灰暗一面)，一旦找到，又会非常兴奋，甚至激动。

这种能力和潜力在每天的读书思考中酝酿，在这12天里集中运用，直到某一天，仿佛已经"成熟"，即用这个方法去"探寻"任何一个伟大的人的心灵，自己都会很有信心……对此，苏诺当然很高兴，但这只是年轻人又拥有一种潜力时的本能兴奋，他并没有将这种激动延伸，也没有去想，它对自己的一生意味着什么。

但是，生命的美丽与斑斓从来无法预感！也不需要预感！苏诺无论如何没有想到，这12天获得的能力竟在几年后点燃了一团火焰，那是"为人类创造伟大成就"的熊熊火焰……

第十四章　工作

被动较量

经历了一个"可怕"的夜晚，第二天中午，在一个餐馆里，王雨终于健康地坐在苏诺面前。

苏诺静静看着她，王雨也看着他，两个人都不说话。

苏诺的心里有些乱，甚至还有些迷糊，昨夜想了那么多可怕的结果，现在王雨面色红润坐在面前，看着自己，好像自己不开口，她就不说一句话……

不知为什么，苏诺很喜欢这种气氛……不用说什么，不要说什么，在一起已经是很满足了。

不是吗？能和健康的她坐在一起，就很满足了。

苏诺终于开口了："你把我吓坏了。"

王雨把头低下，说："我知道。"然后又补充一句，"昨天的事，贾晓琳都告诉我了。"

没等苏诺反应过来，她又说了一句："你做的事……谢谢你……"

"噢，"苏诺答应了一声。他心里微微一颤，他做了什么，哎，是不是她又被感动了，这个傻姑娘。

两人又沉默了，一种仿佛触及了什么、又在孕酿什么的沉默。

苏诺想笑一笑，但这种沉默有种诱惑力，让他愿意这么沉默着。

突然，他想把那句话告诉她：我都想好了，你要是成植物人了，我就不结婚了，养活你一辈子……

如果自己真的说出来，她会怎么样呢？

……

苏诺觉得自己正站在一个地方，好像一不留神，就要掉下去……是掉到幸福里吗？有点像……或者说，很像……

不过，他是不会说那句话的，他觉得那种气氛不该在此时出现，不应该！

为何不该？不知道，反正就是不应该！

心里好像还没有一丁点准备……那种气氛不应毫无征兆地出现，仿佛一个事实即使太美好，但因为它太大——自己也不愿、不敢立刻拥有！

这是什么心理呢？

不知道，反正这就是苏诺此时最真实的心理，而且很重要的，昨夜的想法是以王雨……为前提的呀。

这时，王雨问了他一句："怎么不说？"

苏诺笑着说："可能是被你吓的，我到现在都有点傻。"

念头一转，苏诺问她："对了，你说我如果真被你吓傻了，怎么办？"

王雨笑了："你那么聪明，傻一点也挺好。"

苏诺对刚才的问题来了兴趣，追问了一句："你得明确回答我，如果我吓傻了，比如……大脑神经出问题了，那你怎么办？你总不会不管我吧？"

王雨看着苏诺，想了一下，说："你不会傻的，如果你傻了，你说我该怎么办？"

她把问题抛回来了。

她倒聪明。

而她不该这么聪明的呀……是不是，当女孩一旦进入某些敏感问题，都会很聪明。

王雨等着苏诺回答她，脸上有笑意，但目光很"坚定"。

苏诺觉得和她进入了一种"较量"，一个自己挑起但现在如此被动的较量，但他已没有退路，只能硬着头皮上。

"那还该怎么办，你得为我负责。"

"怎么负责？"王雨又逼问了一句，而她的笑意更浓了。

苏诺心一动，他立刻觉得那个让人"害怕"的气氛近了，好像一瞬间就掉进去了，几乎本能的，他笑了，向后一仰身，然后向前一探身，说："我要是傻了，你就得伺候我。"

"行。"

"啊？"

王雨说："我伺候你，一直伺候到你好了为止。"

"那要是一辈子不好呢？"

"那就伺候你一辈子。"

苏诺手一抖，手心有汗了，而王雨的目光，仍满是笑意，但是，苏诺他……他立刻说："算了，我可不想傻了，要真傻了，即使你伺候我，我也不知道，那可太冤了。"他随即把话题转开，开始说别的事情，尽管他"转"得有点生硬……

让他没想到的是，王雨竟直接抛开他的新话题，说了一句：

"问你件事，行吗？"

"什么事？"

"今天我们寝室的人问，问我们之间是什么……关系，你说，我们之间是什么……关系？"说最后一句时她不看苏诺，眼睛看着苏诺的斜侧方。

苏诺的心在发紧，他终于面临这样的境地了：只一个回答，只一句话，他和她的关系就可能有质的变化。

不知为何，他竟有种浓浓的期待，而这期待好像不仅是自己的，还是……她的。

仿佛两人的秘密已有了答案，而她给他一个权力，让他说出来。

真的有答案吗？

不知道。

"不知道。"苏诺开口了，说出这三个字后他大胆地看王雨，但看了一眼，仿佛什么也没看清，偏转了一下头。

但他知道，这三个字实际上已经向王雨表明自己确实动心了，但是……

王雨没看他，也没说什么。苏诺觉得她似乎要继续问，而她还是没开口，她肯定还没这种勇气。

那么自己呢，有勇气说下去吧？

也没有。

最关键的是，自己确实，确实不知道两人是什么关系，该是什么关系。

两人沉默了一会儿，苏诺再次转移话题。这一次苏诺知道，他对自己的新话题也没有任何兴趣……

贾晓琳的追问电话

几天后，苏诺接到了贾晓琳的电话。

苏诺有个预感，果然，贾晓琳一开口就说他和王雨的事：

"我就不和你兜圈子了，你告诉我，你们俩到底是什么关系？你明白我的意思吧。"

苏诺明白。

"王雨每次去见你，一回来总是神采飞扬的，"贾晓琳说，"我就对她说，你们俩很合适，你和他交往后，变得开朗了，活泼了。"

"她怎么说？"苏诺问。

"她就说，是吗？然后就什么也不说了……你说句实话，你喜欢王雨吗？"

这话问得实在太直接。

苏诺想了想，决定实话实说。他知道王雨会"听"到这些话。

"我压根儿没想到能和王雨交往这么长时间，她的世界很简单……和她在一起我很放松，也很高兴……而且，我觉得这世上很少有人像我这样对王雨有耐心，并且有方法让她高兴。"

"那你还等什么呢？"贾晓琳脱口而出。

苏诺笑了："我一直喜欢聪明活泼的女孩，也希望将来的那个人是聪明热情的……这么多年，我一直按着固定的样子在找，现在一下变过来……如果我选择王雨，我不知道以后会不会……有点遗憾……其实，说了这么多，你我都不知道王雨的态度呢。"

"她说，你是一个让她很感动的人，这么真心地关心她，你做的许多事都让她感动……我也问过她对你是什么态度。"

不知是否是故意的，贾晓琳不往下说了。

苏诺忍不住了："她怎么说？"

贾晓琳还在卖关子："她说……"

苏诺没再问，但心有点往上提。

贾晓琳终于说了：

"她说，苏诺什么也没说呀！"

苏诺心一抖，说不出话了。

贾晓琳语气缓了下来："王雨是个很怀旧的女孩，她只会对她熟的人产生感情……而且你也知道，像她这样的女孩若进去（情感）了，就很难出来了……你明白我的意思吧。"

"明白。"

"那好，你再想一想……我可以负责地说，你不用担心王雨的态度。不过你也要对她负责，如果你真的下不了决心，那就减少见王雨的次数……不过，我真的希望你们能在一起……真的。"

怎么办？

是啊，该好好想想自己和王雨了……

不过，苏诺确实很矛盾。

"如果两人真在一起了，那是什么样？"

苏诺知道那种生活肯定很美好很温暖，而让他动心的是这种感觉会持续一生，他也确实有着让王雨一生幸福的愿望。

而贾晓琳的那句话——"我可以负责地说，你不用担心她的态度……"

"那么，和王雨，两人真的在一起……"

这种想法……真的很好。还有那一个情景，那一时刻——面对自己的表白，她似答非答但即将回答……然后自己大胆伸出手，轻轻握住她的手……天哪！那一时刻，那种感觉，那种欢乐，那种幸福……噢，还有，在明确这种关系的第一天，自己会是怎样的兴奋……晚上去学校接她，看她那么高兴地跑过来……

苏诺为自己的想象……动心了。

"而且，自己还那么想让她生活得更好。"

这么想时苏诺真觉得内心有许多让王雨欢乐的小聪明……他还忍不住以旁观者角度想着，这两人这么好，再进一步肯定更好！

所有这些都在诱惑着苏诺。

但是……

他的心里还是有个"但是"。

……

但是，苏诺太清楚自己想要什么样的爱情了。

它是这样的——

那个女孩出现了，自己和她目光一对，瞬间心里一热，有某种冲动从心底升腾，一个念头那么强烈——在哪里还能再见到她？然后，再次相见，身边的世界发生变化，空气中有一种令人激动的气息，这气息只有自己和她能够感受……平生第一次，觉得人生的欢乐可能是个无底洞……某一天，自己突然冲动地找到她，两人见面，预感到即将"说"的话非常重要，两人都有点拘谨，但拘谨里有着巨大能量，世间最美好的情感在谈话中先外泄一部分，仿佛是试探，同时对"自己"充满好奇，如果一生的爱"倾巢"而出，那是什么感觉？而面前的女孩，她也准备付出情感，目光内敛但火热，那是近于赌博的信任，万一有被对方拒绝的迹象，她立刻全身而退；但一旦听到想听的话，即使对方有些心怯，她已将情感全部呈现……

这才是苏诺向往的爱情时刻，这一时刻他盼了那么多年！他又怎能轻易放弃？

说到底，苏诺的爱情观念顽固得"不可理喻"——轰轰烈烈。

现在，他甚至都后悔怎么会有这个信念，但不管怎样，它就在心里呀！

苏诺特意做了一个设想：自己和王雨在一起后，有一天偏偏，偏偏遇到了一个女孩，一个给他以上感觉的女孩！能带来轰轰烈烈爱情的女孩！

那样的话……

苏诺稍想了一下就承认了，自己那时会有——对不起王雨的想法。

这让苏诺有些难过，不知道是对自己的"品行"失望，还是觉得王雨仿佛受了委屈……

不过真的，如果走向那个理想中的女孩，就是走向往轰轰烈烈的爱情……那能不心动吗？而自己还和王雨在一起，她还一如以往的朴实可爱，对自己仍十分信任……并且最重要的，她脸上还有着对两人未来的憧憬……

想到这些，苏诺的心一沉，狠狠地一沉。.

并且真如贾晓琳所说，王雨和自己在一起，她必将把最美好的情感全部付出，而这种付出对王雨来说，一生也许只有一次。

自己又能给她什么呢？给她几十天几百天的快乐时光，以及某一天的……分手，那时自己能这样说吗，反正没结婚，反正只是恋爱？

能那样说吗？

那样说，自己还是人吗？！

那么自己到底是喜欢她，还是将恋爱的欢乐放在王雨身上"预演"一下？

面对最后一个问题，苏诺细想了一下，甚至把潜意识都"挖掘"了一下，他觉得自己还没那么卑鄙，但有一点却坚定了——

还是……

放弃吧……

……放弃。

苏诺决定减少见王雨的次数，更确切地说，两人就不见面了，让自己……消失吧。

……

也许是贾晓琳转告了苏诺的话，或是王雨预感到了什么，一个月之内，王雨并没有和他联系。

一切，好像，突然就结束了。

结束了……

《罗曼·罗兰传》（七）

对苏诺来说，现在，他每天只想着一个问题：

创造伟大成就，有什么方法？用什么方法？谁能告诉我……哪怕只是一个方向！即便只是一个方向，也愿意用一生去努力，毕竟，我还年轻！我有几十年的时间为之努力！

当然，苏诺知道，这样的方法，不可能很快找到，但他想着，继续认真看这本书，继续"强化"现在的感受，他已来到了"为人类创造伟大成就"的精神领地，他所呼吸的空气已与过去不一样，他要了解这里的一切！他要成为被这里气息奉养的人，他要大跨步地往里走——噢，如果能飞，就在这里飞！

苏诺不知道，不知道，在接下来的一段文字里，就真的存在着对他而言的一种方法……

为人类创造伟大成就的方法！

那一方法的入口已经在迷雾中浮现出来，并且设置好了指引的路标，只等他下一次"冒失"闯进！然后，让他狂喜不已，向那一方法和幸福狂奔而去，凭一种直觉先把它据为己有，然后看，看它是否是幸福，如果不是，那就知道——它比幸福还要好！

他生命中最大的谜底就要揭开……

第八部分

第十五章　学生时代

"那你就彻底找不到女朋友了"

大三第二学期，苏诺开始为"英语六级考试"全力冲刺。

而他没想到，这段时间竟让他与张静的关系有了微妙的变化。

对于六级，同学们大都心里没底，对于非英语专业的大学本科生来说，这是最高级别的国家英语水平考试，全国的通过率非常低，苏诺也听说上一届一个班才考过去四五名，系里已明确表态，对考过六级的同学要给予重奖！

又是主楼这条安静的走廊，苏诺和张静下了晚自习，一起往回走。

他们虽然没有了专用教室，但是两人还是"不约而同"到系里的公用教室学习，如果学得很晚，俩人还是一起往回走。

两人走路的样子依旧，苏诺直着腰走着，张静把书抱在胸前，低头走在苏诺右边。

走了一会儿，苏诺停下脚步，站在张静面前，表情有些严肃，但说出话来却有些结巴："和你说个……事……呗"。

"苏诺同学又需要帮助了？"

"就算……是吧。"

"好吧，您请说吧。"

"六级考试越来越紧了……你看，以前咱俩经常在一起学习……现在，不如……天天在一起学习吧，互相促进一下。"

"啊？"张静一愣，显然她没料到苏诺会提这个建议。

渐渐地她嘴边有了笑意："苏诺同学是想怎么天天在一起学习啊。"

"我是说，就是……正式地定下来……每天都在一起，每一次……我可以给你占座。"

"占座"的声音有点小，苏诺好像生自己的气，稍大声说："就像两个男生、两个女生每天那样搭伴学习！这回你明白了吧，够笨的！"

这话说完，他的气还是泄了。

张静低头考虑着什么，半天，才看苏诺，说出一句话：

"你可想好，那你就彻底找不着女朋友了！"

她说这话时非常严肃，显然在说一个很重要的问题。苏诺一听竟笑了出来。

张静冲他瞪眼睛："不许笑，说正事呢！"

苏诺说："好，不笑，本来我也没想在大学里找啊，你还不知道我最关心什么？而且，我总觉得我喜欢的人，她……"

"是，她在北京那个学校等你！"张静撇撇嘴。

"不好意思……"苏诺嘿嘿笑了，"对了，那你怎么办，你要是被我耽误了……"

"我才不会被你耽误呢！"张静立刻纠正着，"我那位还在复旦等我呢！"

两人沉默了一会儿，张静低声说："我觉得如果太正式了，咱俩就有点像，像……(她酝酿着词，然后四处看着，一指前面一对校园情侣)……像他们……"

"像他们"的声音轻轻的，然后她就不说话了。苏诺一愣，一时间也不知该说什么。

两人继续走着，前方有一个路灯，苏诺停在那里，下意识地站在灯的下面，对张静说："要不这样吧，我们也不说在一起学习，我们只是那么巧地每天晚自习都能遇到，然后我又顺路送你回寝室，怎么样？"

张静拉了苏诺一下："看你站的这个地方，够乍眼的，走吧。"她低头往前走着，苏诺跟在旁边走着，等着她的回答。

眼看快到寝室楼了，张静一直都没说话，两人一起进了楼，她仍然没说话，到了三楼男寝女寝分界口，她一伸手说："再见。"

苏诺握住她的手说："再见。"

就在苏诺要撒手还没撒手时，他听到张静的一句话：

"那么，明天晚上，别忘了……占座。"

说完这话，张静轻轻一笑，一转身，上楼了。

而苏诺，愣在那了，美美地愣在那了……

苏诺和张静终于搭伴学习了。

每天晚上，不到晚六点，苏诺就去占座，一前一后，还像上课时那样，他喜欢给她，不，是给"他们"占座的感觉。

　　两人一起学了十几天。这天，张静家里出了点事，她一连请了四天假，于是，从周五到下周一的"共同学习"就泡汤了。她走得很急，只留给苏诺一个条，上写着："相信你自己也能学得挺好……不过估计够呛……你祝你自己学好吧，嘿嘿。"

　　苏诺本以为可以学得很好，但真学起来，总觉得不对劲，没有了那种两人一坐，自成"疆界"的气氛，有点坐不住。有一天甚至学了一小时就回寝室玩了，心里想着，反正她也不知道！

　　周一的早晨，苏诺一进教室，看见教室后面有几个女生说笑着，一女孩一回头。天哪，居然是张静！这家伙提前一天回来了！而且穿了件十分漂亮甚至乍眼的衣服。

　　张静冲他一笑，苏诺朝她眨眨眼睛，传统的招呼方式。而苏诺又加了个动作，用手指指楼下，张静点点头。

　　苏诺兴冲冲地下到下一个楼层，在走廊上踱着步。而奇怪地，他好像还有些紧张……

　　楼梯响起"噔噔"的脚步声，张静来了。

　　苏诺回头，迎着十几米外笑意盎然的张静，两人走近，这一回张静不再靠得很近，而是两米外站着，稍歪着头看他。

　　苏诺不说话她也不说，好像要一直与苏诺"耗"着。

　　苏诺开口了："你这衣服真漂亮！"

　　"一般夸人，人不漂亮就夸衣服，这是你告诉我的！"张静说，又逼问了一句，"说，你这话什么意思？"

　　苏诺没回答，向前迈了一大步，靠近她，张静也不退，只是直了直身子，苏诺小声问："问你个事，这几天学得好吗？"

　　"当然——不好，"她小声说，又大声补充一句，"一点儿也不好！”

"我也是！"苏诺说。

两人都笑了，苏诺那么自然地问出一句："晚上几点？"

"你定吧！"

"六点，主楼368！"

"到时见！"

然后便是两人各自上楼，老规矩，她先走，苏诺"掩护"——继续溜达五分钟。

没到晚六点，苏诺来到了368教室，推开教室门，他发现张静竟然先到了，正低头看书，看那样子已完全投入了，而再一看，他愣住了……

张静用两本书给他占了个座，那个座位不在她的后排，而在她的——旁边！

是的，旁边，而且，那上面还多铺了一块雪白的小桌布……

携手同行

周日的时候，苏诺的寝室要与友寝联欢，两人就说好不去看书了。

苏诺一直玩到晚上七点多，他觉得有些太闹了，就开门出去透透气。

这个时候，他突然想到了张静。

"不知道这家伙干什么呢？"

他念头一转，就直接去找张静了。

门开了，张静站在他面前。

"干嘛呢？"苏诺问。

"听广播呢。"

苏诺看着她不说话。张静用手晃晃苏诺的眼睛……

苏诺眼珠一转，拉了个长音：

"要不——咱们去……"

"看英语去！"她很快地接道。

"听你的。"

张静笑了："那好，等等我，5分钟后楼下见。"

5分钟后，两人走在去往教室的路上……

在路上，时不时地，张静侧过头笑呵呵看苏诺，苏诺不转头，只是脸稍一绷，问："看什么？"

张静笑着说："不看什么，心情好，愿意看。"

在主楼找了一个教室，屋里只有几个同学在看书，两人就坐在了第一排，彼此看一眼，开始看书……

一个多小时以内，教室内只有书轻轻翻动的声音，苏诺恍惚觉得后面根本没有人，教室里，只有他和张静。

一直学到晚上九点多，后面的同学一个个走了，教室里真的只剩他们了，于是苏诺咳嗽一声，张静也咳嗽一声作为回应，苏诺立刻说："好了，课间休息……"

张静合上书，走到黑板前，在上面画着一些小人。苏诺看着她，等着她回头笑眯眯问自己"画得怎么样？"

"画得怎么样？"

果然，她回头，笑眯眯地。

苏诺站起身，一迈步上讲台，张静向后退了一小步。

"张静同学，请回到你的座位，坐好。"苏诺开始拿腔做调。

张静听话地往下走，坐到座位上，还特意挺直了身子。

"跟我学！"苏诺表情郑重，一脸的诲人不倦，他给张静讲自己前一段看的一篇文章。

张静安安静静地听着，开始是一脸"配合"的表情，后来是真的听进去了，甚至还随手抓了一只笔，在纸上记了几句话，教室里，两个人的课堂安静而又……

又什么呢？

苏诺突然那么强烈地希望，这样的夜晚要是一直持续下去，该多好啊！

"课"讲完后，两人开始聊天，而听到主楼的铃声响起时，他们正聊得高兴，也没太着急走，等他们收拾利索一开门，张静"呀"了一声，苏诺一看也吓了一跳——外面的灯都关了！

近百米长的黑黑的走廊"摆"在面前……

张静看着苏诺，说了一句："怎么……有点碜得慌啊。"

苏诺笑了一下，然后把手伸了过去："看来，只好委屈你一下了，你拉着我点……"

张静叹口气："那就给你个面子吧。"语气是这样，手伸过来得也很快，但是，她并没有如苏诺想的拉住他的袖子，而是把手……直接放在苏诺手上……苏诺心里一颤，随即轻轻握住了她的手……

两人走得不快也不慢，但走着走着，苏诺就有些心跳加速，他第一次觉得好像说不出什么话，或者更老实地说，他有点喜欢这种不说话的感觉，而且，还握着她的手……

渐渐地，手心里有汗……

不知是自己的，还是她的。

……

走了十几米，两人没说一句话，苏诺觉得一种气氛在酝酿，好像只要再走十几米仍不开口，那种气氛就会出现，而那种气氛与"相恋"的气氛有点像……不知为什么，苏诺突然把张静的手握了一下，而张静稍稍挣了一下，苏诺脸一红，开始自责，这好像占人便宜似的，他的手立刻松了一下……

再往后，两人更是沉默了，那种气氛反倒更像是……

这长长的黑暗的走廊，自认识张静三年以来，苏诺这是第一次有了友情之外的心动，一种他从未想过会出现的心动，但他还是在走廊将尽时，想起张静的男友标准，还有自己根深蒂固的想法，若由这友情发展到恋情，少了轰轰烈烈的过程，是很大的遗憾。

走出这段黑黑的"走廊"，苏诺松开张静的手，自嘲地说了一句："知道我为什么没说话吗？那么黑那么吓人，我一出声肯定跟闹鬼似的，你说呢！"

张静没吱声。

发榜了！

六月的一天，苏诺和张静参加了大学英语六级考试。考完后，两人的感觉是一样的——一点底气都没有，高考都没这样啊。

不管怎样，反正是考完了，那就等着结果吧。

"知道吗？(英语)四六级的分数下来了。"这天，有同学一进教室便喊起来，神色有些慌。

"怎么样？怎么样！我过了吗？"十几个同学跑过来，桌椅被挤撞得当当响，而此时上课铃陡响，这个同学在老师进来前说了一句：

"成绩都贴自习楼了，我还没来得及看，那儿里三层外三层全是人！"

上课了，老师在上面"悠哉"讲着，教室里却弥漫着一种躁动……仿佛大家既能听到自己的心跳，也能听见别人的心跳。

"我，我有些紧张……"张静忽然转过头，对苏诺说。

苏诺沉默了一下，说："相信自己。"

这话出口，苏诺觉得它有点"怪"，而张静也转回了头。

过了没一会儿，张静又转过身，几乎以同样的语气说："我，有点紧张……""我也是。"苏诺说。

这回张静笑了，转过身写了张纸条递给苏诺："下课后发挥你的百米速度去看榜，我不想让别人告诉我分数。"

终于下课了！

苏诺缓缓站起身，慢慢走到门口，又走了几步，然后陡然加速向自习楼飞奔！

自习楼内，确实已是满满的人，有的同学看榜后直跑向同伴，人未到喊声已到："我过了！"（估计是过六级了）有的同学挤进去再出来时沉着脸，有的女生干脆一捂嘴，哭着跑出去，估计是没过……

这一切弄得苏诺有点发毛，他终于挤到最前面，一抬头看到的就是六级榜！又找到中文系！苏诺好像已不再呼吸了，手心冒汗，头上却似乎发凉，他的目光快速地往下扫——

看见张静的名字了！

横着扫过去：78。

78！

好像有什么念头闪了一下，但眼睛本能地下滑，后两个便是苏诺！好像这不是自己名字似的，横扫，一个数：67。

苏诺作的唯一动作就是又横扫了一下，不是两头的名字与分数，而是中间的线路，别看错了行！

没看错。

67！

紧盯那个分数好几秒钟，又看了上面的78分，两个分数好像两个小球彼此轻撞着……没有快乐，没有狂喜，只有，只有仿佛遭遇"有惊无险"的手心冒汗……

而在他看完全班的分数后，他知道了——他是全班唯一通过六级的男生。

是的，全班唯一通过六级的男生。

苏诺表情平静地挤出人群，走向门口，一出门，阳光满面，苏诺眯了一下眼睛，笑了，终于笑了！不但笑了，而且心里仿佛一下注入沸腾的水，是的，沸腾的水！而且它还反射着太阳光，亮堂堂的！

当他向教室走去时，看见寝室老大跑了过来，问："怎么样，怎么样，我（的四级）过去了吗？"

几乎是一刹那间，苏诺那挤压的，憋着的，藏着的，浓缩着的，他以为不会"喷"出的狂喜终于爆发了，爆发了！（苏诺终于知道狂喜与喜悦真的不一样啊！）他一把抱住老大，拍打着，狠狠拍打着他的后背，嘴里叫着什么，并且抱着他转圈，后来索性把他向后面一甩，借势向教室跑去。

"张静还等着呢，等着我的消息呢！"

对了，老大呢！苏诺一回头，发现这家伙已被摔到地上了，刚爬起来正指着自己喊什么呢！

不管他了！

苏诺径直向教室冲去……

一进教室，老师已经上课了，苏诺低着头，在十几道焦急得近于逼视的目光下走回座位。

没等坐稳，张静就猛回头看着苏诺，这是她最大胆的一次逼视了……

"你过了，78分。"

苏诺没想到自己如此轻易地告诉她，仿佛这不是他的声音……而张静静静地怔怔地又似"狠狠"地盯了他一眼，转了过去。

这之后，苏诺又告诉寝室其他几个人的分数，接下来，在短短五分钟内，他"迎接"了张静同学的三次回头，每次，她都在问同一个问题：

"我，真的过去了？"

下课了，苏诺和张静一起去看榜，看完后从自习楼走出来，迎面仍是满目的阳光，湛蓝的天上大朵大朵的云彩也从什么地方喜滋滋出来了……在路上，苏诺和张静好几次都对视着笑，苏诺不自觉地一把抓住她的手，往外慢跑，张静没注意到这一举动，轻快地跟着，走了几步两人方猛然发现，苏诺赶忙撒手。

走着走着，张静突然停下脚步说："咱俩慢点走吧……还有，我不想吃午饭了"。

"我也不想吃了。"苏诺说。

两人就快乐地慢走着，并且向着主楼人少的方向走。苏诺拿腔作调地说："你看，多么蓝的天啊。"

"走过去，你就融化在那蓝天里。"张静接过去。

看着蔚蓝的天空，苏诺突然说："咱们就到蓝天里吧，一人一朵云，作邻居。"

"然后我驾着云去看你！"张静说。

"对，然后听我给你讲课。"苏诺说。

"为什么不是听我讲？"

"因为……因为这次你分高，你总得让我在什么地方比你强吧"。

"好吧，那就成全你了。啊，你看，我可真是个大好人啊。"张静兴奋作答。

噢，此时此刻，快乐，兴奋，激动，幸福，美好，所有这些情绪都在心里了……一个人难得有这样的时候，心中是那么多大好情绪的聚合，并且它们还以各种方式排列组合，而且，身边还有这么好的朋友，一生的朋友和自己分享……

第十六章　工作

第二战场

某个周六，上午，苏诺躺在寝室的床上，屋里很安静，只有他一个人，阳光也不错。

一切都准备好了。

他准备去做一件事情，一件一直要做但始终没有找到合适时机的事情，一件对以后的人生非常重要的事情。

去细想，仔细想一下自己的——第二战场。

记者梦想之外的第二战场。

阳光照在他床前的地上，照出一个长方形的光影，苏诺看着上方，上方是白花花的天棚……

他的目光已经穿透了那里，穿行在以后的岁月里，生命的新舞台搭建完毕，他，正式登场。

不知为什么，他一下想起高三的那个雨夜，他觉得现在的憧憬与那个时候很像。因为高三那个夜晚，他有了多年的阳光奋斗岁月，这一次呢？

他有点激动了。

他开始想，每天早中晚能够完全自由支配的时间，记者梦之外的梦想，生命与理想的第二战场。

瞬间的强烈的心动。

一见钟情的心动。

是什么呢？

脑子里一段时间内好像出现了许多东西，又好像什么也看不清，但渐渐地，他开始有意奔一个方向走了（之前，这个方向就出现了），随即，好像有谁已经替他想好似的，在他纷乱的思绪中"说"了一句话："童话，以及儿童文学。"

苏诺立刻"转头"向那边望去，说话的"人"走了，但清晰留下这句话："童话，以及儿童文学。"

为孩子们写童话。

为同学们写儿童文学。

好！

好哇！

当然，苏诺也立刻感到了这一想法的不稳固，仿佛在向新理想靠拢时，新理想和他都有陌生感，仿佛有太多的东西能让这一想法动摇：写童话，儿童文学，怎么写？写什么？能不能写好？最主要的，到哪里去接触孩子？

这样一想，刚才的想法好像被否定了。

好在苏诺早有心里准备，他早已提醒自己：重要的不是把新想法固定下来，而是不让它立刻被"否定"，不到确实无法实行时，绝不放弃让自己"怦然心动"的想法。

他从床上坐起来，坐在已经移到床边的光影里，也许是错觉，他立刻就感到腿部以下温暖起来，他内心的温暖也在加大……

他对自己说："没关系，可以先做些外围工作……先买一批童话书，先看……听说北京有个郑渊洁，自己还看过邮购他的作品全集的启事……不着急买全集，可以先邮购最有名的《舒克与贝塔》，同时再去泡图书馆，市图省图都去！

目标——童话及儿童文学。

此时，一个念头冒了出来——用一年时间，看完市图、省图所藏的童话类以及儿童文学书籍！

苏诺笑了，大学时那股贪婪劲、冲劲又上来了。

这种感觉真好！

写童话还必须了解孩子的心理，那么还得看心理学的书，让自己成为一个少儿心理学的专……(想说专家)专业人士！……哎，要是自己有个小孩就好了，天天看着他，知道他在想什么，需要什么，渴望什么……不过，这肯定不是大障碍，先用二年左右时间做知识储备，然后再找机会与孩子们联系……对了，自己还得先于孩子——知道科学各领域的新鲜知识，以此做素材。

想到这，苏诺兴奋起来，他发现一个太广阔的知识领域赫然出现在面前！他心中又充满着探知的欲望，而探知的结果是完成一个有意义的理想：为孩子们写童话！为同学们写儿童文学！

真棒！

顺此想下去，苏诺还想到了外语！对，把外语也拣起来，学精它！让视线更开阔，换句话说，将来有一天要遍读国外儿童文学精品！还有国外同步发行的儿童类杂志！对，直接看英文版的《尼尔斯骑鹅旅行记》（后来苏诺知道这本书是瑞典作家写的，他就更激动了，因为这样的书还获得诺贝尔文学奖呢！）。

要是这样想来，自己又何止要学英语……说不定还要学俄语日语呢！说不定哪天自己就坐在图书馆里看日文儿童文学呢！（苏诺还偷偷想着，实在写不出好的东西，搞儿童文学翻译也不错！）

苏诺就这么坐在床边快乐想着……不知不觉间半个床被阳光"覆盖"了，他已经"真实"地在热气中了，他甚至被"照"得有点坐不住了，他站起身在屋子里走起来。

当然，他知道自己想得比较简单和理想化，甚至有些天真，不过面对那些很实际的阻碍，他真的不太在意，因为他还没拿出自己的"致命武器"呢！

马上，他要亮出它了！

致命武器

在满屋的阳光里，苏诺开始设想以下情景：

有一天，一个孩子在书店买了自己的书（他不再想只是文章了），回到家，玩累了就翻看它，然后被吸引了，多奇妙，居然有个孩子在安静读自己写的书，并且，孩子这段愉快时光是自己陪着度过的，是自己给的！

然后，自己写的美丽故事孩子记住了，他会迫不及待地讲给下班的妈妈听，然后稍正式地说出书中的道理，而妈妈笑了……

如果真那样，自己会很激动吧，在孩子稚嫩的心灵上种什么长什么（包括杂草），而上面竟真有自己种的小绿苗，也许孩子过几天就把这书忘了，但小绿苗却在孩子生长的关键时间给了他十几分钟，乃至一小时的滋润，让他纯净的天性继续沐浴温暖干净的阳光……

然后某一天，小绿苗和世间所有"种"在孩子心中的小绿苗连成一片，在孩子最神秘的心灵大陆上，绿色和阳光成为主宰……而自己，居然真的在这个工程里出了力！噢，天哪，那得多满足呀！

而且有一天，孩子长大了，他也会那么专注做一件好事，有意义的事。自己就会知道，在他做好事的念头里，有自己遥远的一丁点功劳，虽是一丁点儿，但自己将会那么骄傲！

对了！我为什么只做一丁点儿贡献？我可以做得更多，让小绿苗成为绿苗<u>丛</u>，甚至是苗<u>圃</u>，上面蝴蝶翻飞，阳光照耀，蜻蜓在阳光追逐下高低飞翔，噢，我甚至都能听见阳光、蜻蜓、蝴蝶的笑声了！

这本身就是一个童话吧。

这个童话，孩子们会看到吗？

他们会向我这里跑来吗？

这就是苏诺的"武器"——

新的理想，充满阳光般的价值和意义！

甚至比阳光更明媚！

如果那样，为它付出怎样的努力都值得！即使为此奋斗十几年仍没有太多成绩，也值得！

另外，苏诺更知道，与孩子有关的有意义的梦想，是世间少数几个不问结果、只须努力就可体会幸福的梦想！苏诺甚至想，以后即使发现更合适的理想，也不会放弃童话和儿童文学梦，也要让它成为一生诸多奋斗内容的一个！

……

在以上的想法中，苏诺深深沉浸着……渐渐有了一种……大平静……这一新梦想，成功扎下根来……

而他再看着满屋的阳光，心里竟产生这样的想法——阳光也是有根的吧，它，也扎在这里了吧。

王雨的电话

"你好！"王雨的声音仍然轻轻的，怯怯的。

接到这个电话，苏诺既意外，又……不意外，而听到王雨的声音，他有一些……紧张。

"你好……你，你在哪呢？"苏诺问。

"在学校。"

"噢，有什么事吗？"说完这话，苏诺立刻后悔了，怎么能这么问呢，他赶快补充了一句："怎么样，这段日子过得怎么样？"

没等王雨开口，他又笑着说："有不高兴的事一定告诉我。"

王雨笑了，语气轻松些了："那么，有高兴的事能告诉你吗？"

"有吗？！快说说。"

"噢……没有……你，你……可能不知道，我，前几天找过你一次。"

"啊！"

"那天我给你打电话，你的同事说你没来，说你病了，我有点担心，就去你们寝室找你……"

"找我！……你……没找到？"

"是，我一下车就找不着了，我好像把你同事说的街名记错了，我从河滨路往下走，每条横街都走了一遍，但还是找不着，我一直找到育新街……"

听到这些话，苏诺大脑有些空白——从河滨路到育新街，中间有六条非常长的横街，每条横街走一遍都需要二十几分钟。

在"空白"中他听王雨接着说：

"我从十二点一直找到下午两点多，就是找不到，我特别生气，不是生你的气，是生自己的气，我太笨了，什么都干不好……"

苏诺沉默着，一直沉默着，压着，压着心中的感动……

一个女孩为了看病中的自己在大热天找了两个多小时，而且走遍了六条横街，那么长的横街……

而那时，自己正在屋里睡觉呢，她在街上不放弃地找着。

苏诺不知道自己在想什么，他只知道王雨是如此关心自己，关心自己……

放下电话，苏诺有点受不了了。

真的有点受不了了，此时此刻他只有一个念头——想见到她，立刻见到她！和她在一起，陪她呆一整天，甚至第二天、第三天还在一起，不管会发生什么……是啊，会发生什么呢？

苏诺知道，此时如果去找她，说不定就……定下了，但此时一个声音及时出现了：她越是对你这么好，你越应该想清楚，想清楚！

可能在这时只有这个声音能阻止苏诺，而他，真的止步了。

但他同时给自己一个期限——就想一天，如果明天不再犹豫了，明天就去找王雨！对她说……

但稍稍平静后，那些根深蒂固的想法又浮了上来，并且……他还想起一句话，那是一句歌词，歌手巫启贤唱的："那只是一时感动造成的错误……"

那只是一时感动造成的错误。

而这错误，一旦出现，对她的伤害是否更大，甚至持续一生……

苏诺终于没有去找王雨，后来王雨又来了两次电话，苏诺都表现得比较"客气"，王雨就不再来电话了。但是，不久，苏诺接到了贾晓琳的电话。

贾晓琳都有些生气了："这阵子我给王雨介绍了两个男朋友，她倒好，要么不见，要么见面也很冷淡，让我都下不来台。"

"是吗？"苏诺嘟囔了一句。对此，他不知该说些什么。

贾晓琳接着说："我问她是怎么回事，你猜她怎么说？"

"怎么说？"不知为何，苏诺的心有点往上提。

"她说……还……等你来。"

苏诺的心一抖。

"我就对她说，苏诺已经不来了呀。"

"那她说……"苏诺问。

"她说：'苏诺并没有说什么呀。'"

苏诺明白这话的意思，这话以前王雨也说过，但在以前是指自己"没表白什么"，现在则是"没拒绝什么"。

"苏诺，你说实话，还是那个态度吗？"贾晓琳问。

"是。"

"真的？"

"真的！"

"那好，那，要不，你就来一趟吧……和王雨直说了吧，说得直白些，对你，尤其对她，有好处。"

"好，我去。"

当天晚上，苏诺给王雨打了电话，说忙过这段想和她见一面。王雨好像也料到这次见面不一般，只轻轻地说了三个字："我等你。"

苏诺下了决心，到时候说得彻底些。

他对自己已经不能原谅了，虽然他主动不见面了，但他应该了解王雨的性格，当初就应该说得彻底些，那好，必须说清楚。以最清楚的方式说清楚。

想好这一点，他在心里说："王雨，对不起！"

《罗曼·罗兰传》（八）

周六，上午九点多，苏诺再次走进母校大门。

去看《罗曼·罗兰传》。

拐过教学楼，来到一片小树林中，阳光不是很足，里面不是很亮，但是苏诺心中有着世上最足的阳光，这里，当然就是世上最亮的"教室"。

坐在椅子上，抬眼看一眼天，不自觉地深吸一口气……

低头。

看！

在看了三四页后，苏诺看到了这样一句话：

"罗曼·罗兰知道：自己的首要责任，就是保卫人类一切伟大的成就。"

几乎被"电击"一样，苏诺一愣，接着，他凭直觉对自己喊了一句："找到了！"

最重要的东西找到了！

那种方法！为人类创造伟大成就的方法！找到了！

他不愿说出想到了什么，仿佛在等待，等待这句话带来的启示以及——温暖继续升温，一直加热到——他不是以愿望，而是以意志推出这句话！

仅仅十几秒后，他觉得那句话已到嘴边……不，不是"那句话"，而是莫大的幸福在——拍打，拍打他的内心……而他必须说了……

与此同时，他将整个生命化作巨大声谷，准备回荡这个声音：

"保卫人类一切伟大的成就，我也要……加入其中！"

"并且……"

"并且什么，啊，有什么不能说的，苏诺，你就是这么想的，说呀！"

"好，我说。"

"用我整个一生！"

刹那间，心中有片刻的沉静，近于肃然的沉静，这沉静甚至把苏诺吓住了。

苏诺没有被吓住！这是他一直等待的话，怎么会被吓住？！

最重要的是，他不是一时冲动，当看到"保卫人类一切伟大成就"时，他立刻想到一个情景，一个能力……

那个场景是——他在大学撰写鲁迅的论文，连续十多天体会鲁迅的内心世界，他感受到许多细微而深邃的东西……

那个能力是——静下心来，全身心感受一个人的心灵，与其心灵气氛融为一体，进而"挖掘"其中很深很细的东西。

这些情景及能力在此刻出现，而它们又引出了下面的话：

如果以后，以"这种努力"全身心体会一个伟大的人、可敬的人、对这世界有贡献的人……而目的，是找到他生命中——深邃的——"有价值有生命光泽"的——念头、情绪、气氛、潜意识以及相关的一切内容！

是的，深邃的、有生命光泽的——念头、情绪、气氛、潜意识！

让生命变得温暖、明媚、很有力量的———切内心的——细节！

自己用那个潜力做一个大盘子，挖掘并托住一个人生命中阳光般的精神质子，并且，将它们供奉世间，进而影响世人！让那么多朴实善良的人们，尤其是孩子因此活得——更积极，更蓬勃，更热情，更有价值，更快乐，更能——获得幸福！

如果能那样……

那该多棒！

苏诺心中鼓荡着前所未有的激动，近于惶恐的激动，而他几乎还未享受这种激动，又有一个念头冲了过来！

他对自己小声说着：为什么只面对一个或者几个心灵？！人类历史上有那么多伟大的心灵，可敬的心灵，有贡献的心灵，活得很明媚很幸福的心灵，那么多！

天哪！

莫非自己要说：要以那种潜力面对……世界上及人类历史上一切伟大的，可敬的，有贡献的，活得明媚幸福的心灵？！

不，有点不敢这么说！

不太敢……有些自不量力。

但就在"不敢"中，苏诺却仿佛从指缝偷看恋人般——向那里望去！

人类历史中一切伟大的心灵，可敬的心灵，有贡献活得明媚幸福的心灵！一切这样的心灵……

自己深深感悟着它们，然后，细细地挖掘着其中一切有阳光意味的——念头、情绪、气氛、潜意识！

让世人活得更好的心灵深处的一切细节。

让这些阳光般的深邃的秘密直接成为——阳光，供奉世界。

如果自己真这么做了，那当然是在"保卫人类一切伟大的成就"！并且，以自己的方式——继续罗曼·罗兰的事业！

以自己的方式保卫人类一切伟大成就！

如此，岂不是要遍览世间存在的一切来自心灵的伟大成就，遍览从古至今几千年间——使人们生活得更好，使生命温暖明媚有力量乃至得以幸福的一切的——隐秘的——内心财富。

哦，几千年！

我要面对几千年所有能达到以上目的的内心财富！

那是一个浩大得近于天文数字的工程吧！确切地说，是浩大得近于天文数字的精神光芒吧！

这个世界上，有多少人曾经这样做过？

把几千年内使人们生活得更好的深邃的精神财富看作一个"整体"，并且用一生拥抱它，竭尽一生挖掘它！

苏诺肯定不是第一人，但他想："即使我是几十亿人中最后做这件事的人，我也愿意去做！愿意一生虔诚去做！这几千年的人类内心深邃的精神财富，它散在那么多人的生命里。换句话说，我面对的是成千上万高贵、伟大、可爱可敬的灵魂，面对它们，不让他们内心深处的精神财富白白流失，让它们从世界各处，历史深处，现实人群的生活中跑出，汇集而来，以一个壮观的阳光整体出现在世人面前，让人们凭着对幸福的本能敏感与它们紧紧拥抱……而世界，将在这种拥抱中抖颤，仿佛阳光从高耸的树枝叶隙间筛落而下，光影婆娑，美不胜收。噢，如果我完成了它，那我几乎就写了一部人类心灵光芒史啊！"

人类心灵光芒史。
人类心灵光芒史。
人类心灵光芒史。
这，这，这竟真的与自己有关了？

是的，与自己有关！
苏诺在心里喊着：即使它不与我有关，我也要硬生生让它与我有关……
这一生我赖上它了，跟定它了！

就在此时，苏诺突然听到一种声音……
这声音好像来自这本书，或者说，苏诺宁愿相信来自这本书，甚至于就来自罗曼·罗兰，这声音是：
苏诺，祝贺你！

苏诺，祝贺你！

苏诺本能地抬头，看天，然后对自己说了一句话。

同样的一句话：

苏诺，祝贺你！

过了一会儿，一些新的想法出现在苏诺心里。

苏诺知道，为人类创造伟大成就，自己的方法已经找到，但是，这一方法还是不成熟的，还不能在下一分钟就开始付诸"实践"，自己坚信那些有价值的文字的存在，但它们究竟是什么，会在哪些方面给人以温暖，还说不清，仿佛一条道路已经出现，但尚在云雾之中，时隐时现。

但是，他更知道，为人类创造伟大成就，使人们生活得更好，实现这一目标的方法有几十种几百种，在社会每个领域都有这样的方法！

相比之下，哪怕自己的方法贡献最小，自己也会紧抓不放，因为只要抓住它，便可再一探手，抓住"为人类创作伟大成就"的整个伟业，那是来自心灵，来自精神，来自精神天堂的最炫目的光！

这个世界上，有谁能把"光"抓在手中？

苏诺能！

他觉得自己能！

不过，苏诺也有些着急，他太希望自己的方法能够完善，为此，他甚至有了患得患失的惶恐，仿佛这一方法没有操作性，他就要与这一伟业擦肩而过，因此他不敢细想这种方法以及它的操作性，他宁可死死相信这种方法是可行的，是近于公理的，不必被检验的！

而突然，他的心里冒出一段话，这段话刚冒个头，他立刻做了一个举动——把《罗曼·罗兰传》翻到最开始的序言部分，再次看一遍那段序言：

"我们成年人不久将离开这个世界，我们将留给我们子孙的，是一份可怜的遗产，我们将留给他们十分忧郁的生活，这场荒谬的战争(一战)便是我们道德衰竭，文化没落的明证。我们应该提醒我们的后代，各个民族都曾有过——而且现在也有——伟大的人物、高尚的心灵。您自己非常了解，在今天没人比下一代更需要我们关怀的了。

这些话如此及时地出现，它给予苏诺莫大的温暖，就像一个母亲慈爱地轻抚孩子的头发，这温暖有种神奇的魔力，它那么快消除了苏诺对自己能力以及实现方法的忧虑。仿佛在母亲温柔目光的注视下，孩子只管去做这件事就行了，其他什么也不用想……

是的，只管做就可以了，其他什么也不用想。

未来和心灵一下变得很简单：

他只是因为这一使命有巨大的意义及贡献，所以，去做。

苏诺心中终于有了一种……平静。

这种平静，是"在伟大梦想光芒照耀之下"的平静……

这种感觉……

这种奇妙的感觉，这个世界上，有多少人曾经体会。

第九部分

学生时代（完结篇）

最后冲刺

上大四以后，苏诺开始全力准备考研。

终于盼到这一时刻了，大学四年，每一天不都盼着这一刻吗？如今，它就在眼前，仿佛有个明晃晃的东西在眼前闪动，它是什么，会是成功和幸福吗？

选择报考的学校时，经过慎重考虑，苏诺没有报考中国人民大学新闻系，而是报考了中国新闻学院国内新闻专业的双学位，一来这个学位只学两年，能很快出来当记者；二来录取的比例比较高，成功率更高。经过了高考的冲动和失败，现在的他，确实更理性了。

而张静报考了复旦大学中文系研究生，她的目标也很清晰：如果考上，继续强化英语能力，将来报考托福GRE，之后出国，掌握中文、英语两门语言，再回国，争取进入国际交流类的媒体。

备考期间，苏诺和张静在去教室的路上相遇，走路速度都在不自觉加快，彼此话也不多，但两人分明都感受着——两人的梦想同时面临考验，虽然向各自的终点飞去，又好像一直被绑在一起……

两人"共同"的课间休息也少了，以至于有一次张静一口气学两个小时没动地方，苏诺作了两次休息的暗示，她一点反应都没有……

苏诺没生气，反倒笑了，自己悄悄走出去，回来时，一开门发现张静正望向他，对他笑了一下……

晚上9点半一起回去的时候，张静讲着自己对考研的担心，苏诺开玩笑说这次肯定是两人一起落榜，明年又上同一个"考研加强班"……不想张静立刻就生气了："你就说不出好话。"然后大步往前走，苏诺赶忙追上去道歉："对不起，对不起，是你考上了，我落榜了。"

"不行，你也必须考上，你不许考不上。"

说这话时张静的表情很严肃，嘴还微撅着。看着她的样子，苏诺心里……

"不过你考那么远，以后也见不着你了。"苏诺说。

"我们都有假期呀！回到家我就给你打电话。"张静说。

"然后呢？"

"然后……然后我们就出去玩。"张静说。

"去哪玩？"

"去……去，嗳，怎么就让我说呀！好像是我求着见你似的。"

"不是吗？"

"当然不是，应该是正好相反！"

"我早就觉得应该相反。"苏诺说。

张静一愣，眼睛一斜苏诺，而苏诺乐滋滋望着她，张静一抬手，打了他一下。

接下来，张静说了这样一段话："其实，有时候我也不去想能不能考上，考不上，我也知道以后该怎么过。"

"就像现在这样？"苏诺接了一句。

张静抬头看苏诺，眼睛亮亮的，目光中有种赞许。

是啊，考不上也知道以后该怎么过，就这么过！就像现在这样过！每一天，头也不抬地走着，为一个目标斗志昂扬地奋斗，每天的信心都不是很足，但第二天早上醒来，再次劲头十足……生理和心理上都在向某种极限挺进，但心里有什么东西是"饱满"的，脚步是沉重的，却也是有力的，这种力量从内心发出，向脚下传递，踩在地上无比踏实。

就是这种感觉！

以后，就要这样过！！

那一片灯光

一月初的一天，苏诺去北京参加了中国新闻学院的双学位考试。

接下来的假期苏诺过得很不安生，三月份开学后的等待更加难受。早上醒来，一睁眼睛，他就想，昨天下午，也许邮递员把自己的成绩单扔学校了……上第二节课的时候他想，此时收发室正在分发信件，那里面会不会……

在即将有结果的时间里，班上取信的同学一回来，苏诺就发毛，甚至取信的同学在走廊说笑时，苏诺的心都乱跳，后来索性和那个同学商量，自己代替他去取信。

于是，每天对苏诺最重要的东西，"身上最沉"的东西就是信箱钥匙，它好像时刻都在叮当响着，提醒着苏诺什么。

其实，还用提醒吗？

去取信，打开信箱，那个地方有些暗，伸手向里摸，苏诺觉得装录取通知书的信封应该很正式，会不会是牛皮纸信封？手一旦接触到硬信封，心就一紧，然后先取这封信，拿到灯光下看，一看不是，再去取其他信件。

一连八九天，一走向邮箱，他既忐忑又兴奋，既惊恐又激动，那几分钟的路程让他手心出汗，不知为什么，到后来一看没有自己的信，他竟长出一口气，仿佛躲过一场大难。

最后，苏诺还是把信箱钥匙交回去了，他不敢自己开启自己的命运……

这天下午，苏诺推开寝室门，刚坐下，便听见老大对他说：

"你的成绩下来了。"

老大躺在自己床上说的，还拉着帘。

"哪呢？！"

"我压在你枕头下面了。"

"你看了吗？"苏诺的声音有点抖。

"我……"老大顿了顿说，"你还是……自己看吧。"

苏诺的手往枕头下掏，一下便摸着了！

但不是信封，而直接是一张纸！

换句话说，老大已经替自己拆了，那自己看过去就知道——考没考上了？

苏诺的心提起来了！

他迅速把那张纸放到眼前。

看过去。

他看到了其中触目惊心的一行字——"鉴于你的成绩，本校不拟录取。"

苏诺觉得自己好像是坐下来了，又好像始终是站着，反正大脑一片空白，屋内静极了，老大不说话，他也不说话。

好像两个人都木了。

整个世界都木了……

落榜……失败……

……完了。

完了。

苏诺渐渐有点意识了，心中第一个冲动就是夺门而走，但老大还在那呢，他知道自己必须先……说点什么。

他笑了笑，拉了一个有生以来最长的长音："倒——霉——呀——！"然后又说了一句，"英雄落难哪！"

慢慢走到门口，一拉门，出去了……

苏诺一个人在学校里走着，也不想什么，就这么来回走着，就像地上那些叶子，被风吹到那边，又被吹回来。

不知走了多久，反正一抬眼天色有些暗了，他想一直走到深夜，然后说不定把路过的学生吓一跳。

"我这么可怜居然还能吓着人？"这念头一出，苏诺苦笑着，最后，他坐在一个椅子上，看着前方。他觉得自己一只手已经触到了礼花筒，只差点火，自己的世界便绚烂了。但礼花没上天，自己被炸上了天。

就这么又坐了十几分钟，他开始往寝室走，他准备打一晚上扑克，一直打到11点闭灯，睡觉。

在内心深处他知道自己不会消沉，但估计一个月内是振作不起来了，或者，是两三个月。

天知道需要多久……

他继续走着，走到学校食堂附近，看见一些人在看告示版的讲座海报，这在以前，他肯定会停下来，或者记下讲座时间，但今天，他没有停留。

渐渐地，他对外界的唯一知觉就是广播站播流行歌曲了，噢，以前，去图书馆总是在这样的音乐中……那时候的心情……

刚意识到这点，有一句话冒了出来："图书馆，要开馆了。"

这几乎是一句废话，但他下意识地把这话重复了一遍：

"图书馆，要开馆了。"

突然，他心里有了一种冲动，他转头向图书馆望去，他知道再过几分钟那里的灯会一个个亮起来，先亮一扇窗户，然后是三四扇，然后整个大楼一片通明，那里的书也一下被照得雪亮！

内心那个冲动在加大，他向运动场跑去。

跑进运动场，坐在石阶上，正对着不远处的图书馆……

盯着图书馆……

静静地等待，等待那里的灯再次亮起来，等待"一扇窗，四扇窗，全楼的窗户"——仅几秒钟就依次亮起来！

苏诺不知道自己为什么会这样，他只知道现在就想这样，只想这样！

……

他不知要等几分钟，他也不看表，他就是期待那种突然的灯亮，在这种越发浓烈的期待中，他突然觉得会有什么事要发生……他甚至有一点兴奋，像一个孩子在期待一场露天电影……

就在他"胡思乱想"之际，突然间，图书馆的灯亮了！

一扇，全楼，好像只有两秒钟，全亮了！

全亮了！

苏诺眼中，刹那间只有这一片亮光！全世界，只有这一片亮光！苏诺一下看见那个灯光下……自己投入地看书的情景，以及四年内所有与梦想有关的东西，一个，三个，全部，只两秒钟，全亮了！

他的眼泪夺眶而出……

他就那样盯着看着，眼泪模糊了视线，也不擦，就盯着那片灯光看……

贪婪地看……

那段话再次出现在心中："我把这里的书都看完了，就成为知识最渊博的人，就有机会成为记者，成为中国最好的记者。"

他哭了，但不是因为委屈，是的，不再因为委屈！他那么清晰看到了那片灯光下自己遍览群书，为了梦想拼搏奋斗的兴奋和幸福！那种持续两年多的巨大——幸福！

是的，他没有成功，但是那些幸福还在；那些幸福还在，并没有抛弃他……

"那好，虽然考研失败，还要继续拼下去！像以往那样拼下去！幸福地拼下去！"

是的，继续拼下去！

考研的结果不再重要，反正那里的灯光属于自己！那里的投入、虔诚、希望和幸福属于自己！自己要从那片灯光里，再次走向记者梦的光辉里。

从灯光走向光辉！

那么，今年考不上又怎样？！

毕业后再考！

苏诺万万没有想到，自己仅仅用了一个晚上就走出了落榜的痛苦，对此，他甚至都有点不敢相信，但这就是事实。

就是事实。

第二天第三天，他尝试着逼自己去感受痛苦，感受到的也只是类似"很大遗憾"的情绪，满脑子想的，仍然还是毕业后怎么继续考研……不过，很快，他还是有点闹心了，因为他落榜的事情，班里的同学都知道了，而张静并没有来安慰他……

沉默的张静

落榜以后，苏诺得到了一些同学的安慰，寝室还为此凑份子出去吃了一顿饭，老大还不让苏诺出钱。

苏诺最想得到的当然是张静的安慰，甚至对她的安慰充满期待。但是，张静一点动静都没有。

这天，上午第二节课下了，同学们都往外走，去另一个教学楼上后面的课。苏诺收拾好东西，下意识地往张静那儿一看，张静好像已看了苏诺一会儿，一看苏诺转头，立刻笑了，并且好像要说什么。

但苏诺还是拎着包，不回头地走了。

苏诺已经生她的气了，这次这么惨，这么多天了，她怎么连个问候也没有……

他走出主楼，走在校园里，一拐弯，上了去教学楼的小道，路两边树枝很高，在上方交合在一起，阳光照下来，照在前面的路上。

"苏诺，等一下。"

是张静。

她气喘吁吁跑过来，跑到苏诺跟前，立刻又"嘿嘿"地笑了，也不立刻说话，只是陪着苏诺走着。

在苏诺觉得不说话已不礼貌时，张静开口了："心情还不好吗？"

"不好。"

张静乐了，随即说："对不起，我不是故意的，其实我早想找你说说，只是这一次对你打击太大，我又怕……又怕立刻和你说，你会更伤心。"

"我没那么脆弱。"苏诺没想到自己的话这么冲，他有点后悔。

张静不吱声了，低着头，把书紧紧地抱在胸前，随苏诺走着。苏诺好几次想笑一下，但是……

又走了一会儿，到教学楼门口了。

张静快步走到苏诺前面，眼睛定定地看着他，看了一会儿，刚想说话，突然不知从哪冒出好几个同学，他们喊着："张静，听说你通过（研究生）笔试了，祝贺你！……"

光芒 Sunshine of Life

　　场面一下很热闹，苏诺抽出身子，离开了大家。

　　他并没有进教学楼，而是向后面图书馆的方向走去，接下来的课，他都不想上了……这时，他听见后面传来一声清脆的声音："咱们以后再聊吧，现在我有个重要的事要办。"

　　随即，耳边是噔噔噔的脚步声，然后是最熟悉的声音："苏诺，等一下！"苏诺站住，并没转身，感觉张静越来越近，并且衣袖一闪出现在右边，然后是轻轻的一句："我陪你走走吧。"

　　顿时，一股暖流涌上来。其实，当张静解释原因后苏诺已经不生气了，但他还是没想到她能摆脱同学直追过来。

　　并且还说了这么一句"我陪你走走吧"。

　　张静往前走着，苏诺跟着，两个人都没有说话，但两人分明都感受着什么，此时苏诺突然有种感觉——他没有放弃自己的新闻理想，而最珍贵的友情也一点没淡化；虽然考试失败，最宝贵的东西什么也没失去，是的，最宝贵的东西什么也没失去啊！

　　他突然很好奇张静能讲什么，但张静张了两三次嘴又把话憋回去了。苏诺看得出她好像有点生自己的气……苏诺笑了，并且跑到张静前面看着她——笑了。

　　"你没事了？"

　　"没事了，当然没事了，这点挫折算什么，而且……"苏诺话锋一顿。

　　"而且什么？"张静问。

　　苏诺伸出手，一字一字地说："祝贺你——通过笔试。"

　　张静向前迈了一步，离苏诺非常近，握住苏诺的手说："谢谢。"

　　过了一两秒钟，苏诺要抽手，但张静没有松开，还加力握住。

于是，苏诺的手下垂，任由张静抓着，两人对视着，并不说什么，也不知该说些什么……

之后，苏诺看到有人向教学楼跑，他对张静说："上课了。"他再次要抽手，但张静没有放，她抓着苏诺的手说了一句："咱们跑吧！"

之后，真的是一路抓着苏诺的手，向教学楼跑去，始终没有松开……

苏诺的慌张

考双学位失败之后，苏诺不得不调整对未来的设计——现在的成绩在班级内争前几名已经不现实，那就争取在报刊上发几篇文章，同时继续扫荡图书馆，为毕业做记者打下基础。至于马上要开始的找工作，当然要全力以赴争取去做记者。如果不是记者，就顺其自然吧，在省城里随便找个工作，能养活自己就行，然后继续复习，明年再考！

他甚至想着，越是"落"到不好的工作，自己考出去的决心就会越大。当然，这个工作也别太累，要让自己有精力备考……

苏诺以为有了以上的想法，对毕业分配就能从容一些，但真正到了找工作的实质阶段，他还是心烦意乱。去年本市扩版的报纸有许多家，上一届同学被招走许多，这一年几乎没有新闻单位要人，即使有，也是在新闻专业首选，对汉语言文学专业基本不太考虑……

新闻单位是不行了，还有另一个不妙的情况——连省城都不好留下。

苏诺问了一下辅导员，如果没找到省城的接收单位，会是什么结果。辅导员说，档案回原籍，在原籍工作就业。

苏诺不想回家，总觉得回家是越活越"蔫"了……他知道，当务之急是在省城找到接收单位。

接下来的几天里，苏诺的心情一直很乱……

考双学位失败，记者梦受挫，毕业形势又不乐观，也做不了记者，连省城都不好留下，未来的一切好像都是不利的。苏诺第一次觉得有些"把握"不住自己，对未来有一种很真切的飘摇感，在以往，整个世界就像脚下的土地，它是承接自己的，现在它却像一座山一样压迫自己，自己又不能像以往那样，仅仅因为理想的存在就很有底气……

在生活和社会面前，苏诺第一次感受到了自己的渺小与无奈。

在联系两个工作失败后，在同寝室几个同学工作有了眉目后，在内心终于"慌"了之后……一个中午，苏诺没有睡午觉，而是在校园里散步，他要——好好地想一想。

午后的阳光暖暖照着他，校园内丁香花的花香仿佛也更浓了，苏诺沿着一条小路向主楼方向走，路上人很少，整个校园温暖而又静谧。

这种环境让苏诺的浮躁慢慢平息了，而想起未来，一种近于庄重的感觉浮现上来，心里就更静了。

他就这样走着，来到校园中央那个小书亭前。

这里是一个圆形中心，四五条小路在这里汇集又向四方延伸，书亭四周种着一圈一人多高的树，树下放着四条长椅，"守"着四个方向，不过现在这里没人。

看着这里，苏诺想起，每天早上都有一个同学各守一角念英语，每次路过这里，看着低头诵读的同学，自己总有更大的学习冲动。

他停下来，不往前走了，他就要在这里"思考"未来。

他站在一个椅子面前，背对着书亭，看着面前的树，开始想着什么，或者说感受着什么……

身边有几个同学匆匆走过，但苏诺仍这么站着，想着，感受着……

他的心非常地静，他觉得，不只是自己，周围的一切，不只是现在，而且以往所有的日子都安静下来了……

他预感到自己将想出一些重要的东西，它们将成为日后多年的指南……

五六分钟内，他的脑中没有出现任何具体意念，但郑重的气氛却在加深……而终于，有一个词出现在心里——"一生"。

"这一生……"

他在内心的大寂静中下意识地默念着这个词，心中好像浮现了一些东西，但这些东西不是苏诺需要的，就消退了，苏诺心里还是平静、安宁……

好像只过了几秒钟，他想到了一个东西——

他的人生原则。

一直扎根在他生命核心处的人生原则。

念头及此，苏诺心一动……

他一下看到一个情景：明天，下个月，工作后的第一个月，工作后的第一年，第三年……这个"人生原则"始终在心里，并且冲破各种干扰，尤其是——天哪，太棒了，也冲破"做着不如意工作"的阻碍，再次横亘在生命之中。

"铸造成器，完善自我！"

自己在高三就确立的人生原则！

　　这一原则从本质上讲不受外界束缚，也不会被外界扼杀，甚至可以说，它与外界一点关系也没有，它只与内心对这一原则的钟爱有关！

　　与对它的"珍惜"有关！

　　那么，在未来，自己虽然在一定时间内做着平常的工作，或者身处各种生活烦乱中。但是心底、眼前、头顶之上——都有这人生原则的存在！

　　"铸造成器，完善自我！"

　　无论那个工作是什么，这个人生原则仍是心灵的主体！

　　别人也许在说，看，苏诺那工作一点意思也没有，但自己则偷偷地……不，就是要"明目张胆"地说：

　　"是没什么意思，但我仍然在我的人生原则中，每一天，我仍然在不断地丰富自我、提升自我，仍然在想办法做着对社会对他人有益的事情。"

　　"是的，即使我在最不好的工作中，我也在最好的人生原则中，在既定的生命轨道上，我的内心就是安稳的，从容的，快乐的，在社会面前，我又重新变得强大……反过来说，即使我找到一个被无数人羡慕的工作，但与我的人生原则无关，我的内心仍然是不安的，不快乐的……"

　　这么想时，苏诺突然发现一个事实——生活、工作及人生的烦乱压力对自己来说，只是可能，即使有99%的可能也是可能；但自己将继续在人生大原则中生存、奋斗，并且快乐，这一点却是100%的真实，是超越烦乱之上甚至命运之上的事实！

　　未来，他只能决定一件事——永远地自我丰富与超越，永远做着对社会对他人有益的事情，永远地从容快乐。

　　是的，只能决定这一件事，但这让他对未来——兴奋不已！

阳光越来越"热"了，苏诺的想法也越来越"热"！

其实，他知道，以往想着记者梦时，以上的感受也出现过，但那时并没细想，仿佛它与"实现理想"相比——有点不大气，而如今前途不定，甚至很糟，这些不大气的内容就以前所未有的气势，最重要的是——前所未有的重要性来到心中。他也因此发现，所谓的不大气只是假象！实际上它最大气！正是因为它的出现，未来，又一次掌握在手里；命运，再一次伏在脚下！

噢，自己早该与它拥抱的，它是世上最甜的糖果，这么多年自己一直握着它，但就没往口里塞呀！

带着这些想法，苏诺再一次刻意想起未来，立刻觉得它不再陌生和茫然，他甚至有这样的感觉——未来是亲切的，因为那里有"朋友"在等着他，甚至于，那里有一个"家"在等着他……

年仅22岁的苏诺尚不知道这一时刻的伟大！

实际上，他已用隶属于生命的"力量"完成了对未来的征服……先确立人生的原则，再去接受人生的考验，青春与生命，已然立于不败之地。

《永远不回头》

第二天早上，苏诺出去跑步，呼吸着早晨清新的空气，想着自己的人生原则，心情非常好！

当他慢跑到校园中心一个大喇叭下面时，广播突然响了，苏诺心里想着，今天是周一，不知道"每周一歌"会放什么歌。

在主持人向同学问好后，并没有说要放哪一首歌，一首歌便出来了，踏着鼓点出来了。

是的，踏着鼓点，而且是激荡的鼓点——飞出来了。

听着这歌，苏诺先是一愣，随即立刻兴奋起来。

是那首《永远不回头》，张雨生等多个歌手合唱的《永远不回头》！

苏诺站在喇叭下边，不走了。

他要呆在这首歌里，呆在动感激荡的气氛里。他刚刚对未来再度从容，他需要这种气氛鼓舞自己，并且，让自己面对未来时不仅仅是从容，更要再次激情澎湃！

前奏过去，第一句歌词冲出来：

"在天色破晓之前，
我想要爬上山巅，
仰望星辰，
向世界祈求永远！"

脚下踏着急促的节奏，耳边听着激情的演唱，苏诺的热情被瞬间点燃。

"当月光送走今夜，
我想要跃入海面，
找寻起点，
看世界是否改变……
年轻的心灵还会颤抖……"

太棒了！还会颤抖，我的未来不定……我的记者梦受阻。

"再大的风雨，
我和你也要向前冲——"

苏诺一使劲，在心中和歌者同时喊出了下一句：

"永远不回头！"

然后，他就什么念头也没有了，耳中只有歌声，心中只有自己，自己只化成感觉，这感觉以四年无悔奋斗为背景，并和接下来的歌曲一起弥漫、飞翔……

"不管天有多高，
忧伤和寂寞，
感动和快乐，
都在我心中，
永远不回头！"

此时此刻，苏诺心中升腾起巨大的力量，这力量二十多年来一直在他心中，但在这段为毕业分配闹心的日子里却"躲起来"了。但此刻，在歌里，理想的力量再度出现！而加上之前确定的人生从容心态，这力量已经不同以往，它一出现便是信仰！

力量即信仰!

苏诺对自己说着:"我在这首歌里,在理想里,最重要的,在理想的力量里!那么记者梦受阻、未来不定又算什么!而且,比这大几倍的打击来了又能怎样!反正,在我耳中,这首歌鼓点更急,节奏也更促,动感也更足!我那力量,那意志,那永在奋斗及理想中的信仰也一样鼓点更急,节奏更促,动感更强!"

更何况,马上,第二段歌词又要来了!

不,它已经来了!

"在天色破晓之前,

我想要爬上山巅,

仰望星辰,

向世界祈求永远……"

歌曲继续唱着,苏诺也在校园里到处"游走",满脚踏的都是它的音符,它的旋律,它的热情,它的鼓励……苏诺仰头向天,在心里说着:我的理想!这一刻,我只有你(理想),你只有我,只有你最明白这么多年我的辛苦……也只有我最知道你的珍贵,你带给我的无尽的幸福,如现在音乐般飞舞的幸福!

我的理想!我一定要把你实现,不论未来怎样!不论我实现的可能性有多小!我都会去拼!带着生命中一切斗志、勇敢和韧性!让毕业后的每一天都一如大学四年的每一天!

是的,一如大学四年的每一天!

噢,几天前,我有了永远温暖的生命原则,而现在,我又有了回归了激昂的充满力量的奋斗状态！

有了这两者，那我还怕什么？

我还怕什么？！

我的一生已无所畏惧，而它，注定是这样的——

它和这里，和此时永远相合，甚至于它就是另一首《永远不回头》！

是的，我的未来，就是另一首——《永远不回头》！

特别方式的告别

毕业前的某一天。

下午两点，阳光很足，校园内有着烧杂草的味道，苏诺和张静按照约定时间来到校门口，相视一笑，向校内走去……

两人都没说话，东看看西看看，仿佛两个刚报到的新生。

两人在用一种特别的方式和大学"告别"，从校门口开始，走进去，重新走进大学四年的记忆和故事中，仿佛毕业多年的校友重回母校。

走到教学楼前，苏诺说："第一学期考试之后(张静好像知道苏诺要说什么，她笑了)，你陪我在这主楼绕圈……其实，我还一直没谢你呢！"

张静说："那天真冷。"

苏诺看着她说："一直没找着机会'回报'你，你发愁的时候都在夏天。"张静乐了："来日方长，将来我一闹心了，一个电话打过来，你就得颠颠坐火车到上海劝我，就这么定了，啊！"

这话说得真让苏诺有点心动，真说不定，哪天自己就突然给她打电话："我在上海火车站呢！来接我吧！"

两人继续走着，转过主楼，走了一会儿，就到学校告示板了。那上面仍贴着各式海报，包括没有撕下的电影的海报，苏诺想起了什么，用手一指远处的学校礼堂："那一次系里演出，我们本来在路上遇见了，但你却说，我们还是一前一后进去吧。"

"那不是刚在一起学习吗？班里的闲话挺多的。"

"于是你就让我退后几十米，走你自己的路，让别人说我去了。"

张静乐了。苏诺补充着："同寝室的哥们还问我呢：你俩吵架了？"

"你怎么说？"张静好奇地问。

"我说，没什么大事，看完演出，应该就好了。果然，演出结束，大家一散，你又乖乖跟我看书去了。"

告示栏在路的岔口处，一边通向寝室楼，一边通向教学楼，苏诺没决定往哪走，张静拽了拽他的袖子，一转身向主楼正门走去。

进了主楼，张静说了一句："我们在这里走过多少次呀！"

苏诺念头一闪，他说："我刚发现一个问题。"

"什么（问题）？"

"咱俩是经常一起走，但都是从教室往回走，而一起往教室走，还真没有几次……好像一次都没有！"

对这一发现，两人都有些兴奋。其实，这又有什么可兴奋的呢？但不知为何，两人就是兴奋着……而苏诺也因此觉得，这次一齐往教室走，有了某种特殊的意义。

一边往里走着，苏诺一边想着过去的一些情景，不知为何，他相信张静应该也能想到同样的，比如，那个拐角，他们曾撞上一对学生恋人紧紧拥抱，两人赶紧加速走出"危险区"，彼此相对，嘻嘻一笑……比如，在那个走廊，苏诺曾经对她说："刚才，过去个同学，你低头走没打招呼。"张静一惊，赶快回头。苏诺笑着说："骗你的。"张静当时用书狠拍了苏诺一下。苏诺也不躲，"啪"地一声响，伴着他的结束语："你总低个头，走了一路，连我想见你也不易呀。"

十几分钟后，两人走出了主楼，在校园里继续散步。张静看着这个校园，目光一点点沉下来，说："真舍不得这里。"

苏诺说："你要去的学校比这儿好。"

张静说："不过，我总觉得这里有我最宝贵的东西，而且，以后可能也没人给我占座了。"说完这话，她转过身，"定定"地看着苏诺。

苏诺很感动，张静每次表达对这段友情的重视，都是如此正式，如此直接。

他拍了拍张静的肩，对她说："到了上海，估计过不了几个月，你就该有一个高大的男朋友了……不过，真想象不出来，你挽着男朋友胳膊在路上走，那是什么样？"

张静笑了，说："我要是有男朋友，第一个告诉你。"

很本能地，苏诺心里有点……失落，自己真的不想第一个知道啊，甚至……不想知道……

两人一转弯，走上了去往自习楼的小路，张静说："我还是觉得，以后，我们隔得有点太远了。"

苏诺说："我还记得你刚入校时曾给考入上海的同学回信，写了整整十页。"张静一扬眉："你什么意思？"

苏诺说："反正你来信以后，我不看内容，先查页数。"

张静长吁一口气："天哪，太不幸了！"

这时，她向前快走了两步，去看一处报廊，而苏诺也有意放慢了脚步，看着她的背影……如此熟悉的背影，以前无数次从后面赶上轻拍一下的背影。

以后，以后就看不到了吗？

……

这一刻，苏诺真的有点伤感，而且看着张静回头笑着向他招手，他的心里……

其实，苏诺，为什么要伤感呢？即使这一生你和张静很少见面，你们不也将在友情的路上——永远相遇吗？！

《罗曼·罗兰传》（完结篇）

在"发现方法"之后的十几天里，苏诺沉浸在"为人类创造伟大成就"的氛围中，而他也渐渐明白了另一个事实：

对自己最重要的，并不是创造伟大成就的方法是否可行，而是这种气氛——为人类创造伟大成就的气氛——永在心中。

换句话说，即使这种方法不行，也会寻找新的办法，用新的方法为人类创造伟大成就。

找到以后，即使没有很强的能力，也要强化这种能力；甚至于，在这方面一点能力也没有，也心甘情愿从零培养。

反正，自己的人生已经交由这种气氛，在这一气氛中，去感受天性、理想以及伟大梦想的三位一体、互为因果。

噢，多好，世间每个奋斗领域的最高点——都耸立着这句话：在这一领域，为人类创造伟大成就，让世人活得更好！

如此想时，恍惚间，苏诺甚至觉得所有领域"伟大成就"的精神气氛——都来到生命中，成为无所不在的主宰，一如这么想时，大欢欣大幸福也盈荡其中，成为无所不在的主宰……

在巨大的欢乐幸福中，苏诺突然想到一个问题：

为人类创造伟大的成就，它与"善念以及对社会的责任意识"其实一脉相承，而自己一直都有清晰的善念和责任意识，它跟了自己十几年，为什么此时才表现得如此"激烈"？

是的，以往，质朴善念和责任意识也是生命核心，它在心中作为背景存在，每次想起它，心中总有一份博大的温暖——想着未来，做着记者，一个个有意义的采访，一个个使许多人生活更好的事情，这样的努力贯穿一生……而因此，自己是幸福的。

很从容的幸福。

但为什么？不是激动地幸福着！

是的，不是激动地幸福着？！

像现在这样！

为什么！

噢，原因如此简单，以往，自己对善念和责任意识理解得太肤浅了，自己实际上一直呆在它的表层！

此时才真正明白，在这种大热情大幸福中才真证明白：

原来，每人心中的善念和责任意识居然还可以膨胀，还可以扩大、丰富、延伸、生长、饱满、奔腾、喷薄、疯长、炸裂。总之，一切由小到大，由轻到重，由慢到快，由点到面，由一米到十米，由一寸到一丈，由一斤到百斤，由一根草到冲天大树，由一滴泉到大海的——过程都能发生在他身上！并且能够一直大到，涨到，飞到，扩大到这样一个念头——为人类创造伟大的成就！

是的，一直到这个念头——为人类创造伟大的成就！

原来，任何一个怀有善良愿望及责任意识的人，他与以上的惊心动魄的一切都相距不远，甚至，只是一步之遥。

在"发现方法"一个多月后，一个周六的上午，苏诺来到市图书馆，他想检验一下自己"挖掘阳光精神财富"的能力。

他的方法是——先挖掘自己生命中的一个精神财富。

他坐在靠窗的一张桌子旁，桌子的一角有一小片光影，他的心渐渐静下来，开始问自己："挖掘"什么呢，写什么呢？

理想！当然是与理想有关的东西！

再抬起头，看着窗外的蓝天，和"伸"到窗前的树枝，他心里一动：干脆，就写这样一个"镜头"吧，确切地说是一个动作：

"一个少年，抬头看天，突然想起了自己的理想。"

就写它，写这个一秒钟的"动作"，细腻记下这一动作下所有阳光心态，以及那些最飘忽的阳光感觉，让它们全部"重现"于阳光之下。

苏诺开始写了……

最终，他用了不到半小时一气呵成地完成了他的第一个"阳光挖掘"：

一个少年，抬头看天，突然地，想起自己的理想。

……

理想一出现，脸上就有笑意了，这感觉很舒服，像洗了一个澡后走在暖暖的风里。

很快地，身外的世界不存在了，只有与理想有关的念头飘着……一开始什么也没想，好像只是几个念头挂着，淡淡的，定定的。

然后一个情景出现了：自己在那儿走，在街上走，在北京的街上，从一个校门出来，噢，那就是自己梦中的大学！

这情景一出现，心跳就加速了，手心极舒服地沁着点点的汗，而为什么？自己竟那么渴望继续想象下去，充实各种细节，比如自己听到，听到……自己从那个校门出来时外面的车流声……

这样就更激动了，而隐隐地，为之拼搏的动力与力量更足了！

多奇妙，在想象中只加了一个汽车声，动力就多了一分，多了一大截！

而还有那么多可以加的东西呢。

继续看着蓝天，想着理想。

……

心里已是暖暖的了，理想一旦被想个三四分钟，一种暖意便由内向外溢着，再出现什么念头和情绪，也仿佛从温带而来，在暖热空气中穿行……噢，这种感觉……忍不住又设想着与上大学有关的各种情景，甚至一口气想它十二三个，并且还预感到，自己会常想常新，不会厌烦……

而有趣的，一旦自己觉得有60%的把握考上那个学校，不，哪怕只是51%，自己就可以尽情地设想未来，尽情往好的特别好的地方设想，并且享受这一切……

这是一种权力！

这种权力妙不可言！

继续想着……

渐渐地，就觉得体内有什么东西在蠢蠢欲动了，很快知道——那是……力量。

一种比没这么憧憬时要大许多的力量。

这力量不知在何时出现，但只要憧憬理想，它就能出现！并且它已经在不知觉间流入身体各个细胞，自己便觉得手也有劲，脚也有劲，仿佛连"动脖子"都可以快速而且有力，自己的表情也好像有劲似的，一副谁也不服、踌躇满志的样子！

噢，看着天，想起理想……

云彩在动，在飘。噢，我看到你在飘，在动，我的心也一摇一动的，但我比你动得更舒服！因为我在理想中飘！在理想中飘啊……

你羡慕我吗？

羡慕这世上所有有理想的人吗？

看着天，想着理想，已经五六分钟了，为什么我竟觉得自己只开了个头儿，还有那么多感觉在往外涌……

心灵听到了理想的呼唤，理想听到了欢乐和幸福的呼唤，向着天空飞……

而自己，站在这里，与长天一体，任思绪飞舞。

放下笔，苏诺站了起来，走进那长长的书架里面，特意选了一个没人选书的书架，站一会儿，想一会儿……

是的，一个少年，只是目光望着天，想着理想，只这一镜头，几分钟光景，就能写出以上的文字……其实，真的经历过这一时刻，就知道这一过程哪怕只有几十秒钟，内心的阳光感受也极其丰富，而它们，不就是使世人生活得更明媚的精神财产吗？

刹那间，苏诺真切感到"伟大梦想"在心里又深深扎下去，而他又立刻想到，上面的阳光心态，只是青春年代很小的一个心态呀。

是啊，只是那么小的心态。

"那么，自己何不用这种方法先记下整个青春时代？！"

对！

先记下整个青春时代！

自己有着十几年蓬勃的理想岁月，它洋溢着青春与生命的无尽光彩，并且有着那么多动人的故事！

何不先写下这些内容？

而它们，如果真的以上面这样的方式被记录，岂不更是对世界而言的精神财富？

半小时后，苏诺去了另一个地方，打车回到母校。

带着刚才的想法与激动。

他走进校园，踏上那段从操场到自习楼，再到图书馆的小路。

这条小路有近二百米长，两边是茂盛的树，树冠与树冠相连，苏诺抬眼向上望，觉得阳光被分离成一条条银线，从树冠相连的缝隙中直射下来，眼前就亮晃晃的，脚下则走进密密的灿灿的光网……

苏诺在光网里走着，仰头看高枝的叶子闪着晶莹的光，他看得入了迷……突然地，一个念头在他心里划过：自己二十几年经历的一切，不正像眼前这幅美不胜收的光影图吗？

内心里成片成堆的关于生命的蓬勃明媚的感觉，那些感觉在阳光之下，在记忆的阳光之下闪动，让自己全身心地沉醉，相关的青春记忆也仿佛阳光——通过这一大片叶子向自己照来，噢，不，是向自己扑来，扑过来。

而自己，再次拥其入怀……

突然地，苏诺有一种感动，对自己的感动：过去的一切，我没有背弃你们，这几年，无论多难多不易都没有背弃你们。

那么，我确实应该先把你们写出来。

一旦写出来，谁能说它不是"人类心灵光芒史"的一部分！

那它该叫什么名字呢？

……

那就叫下面这个名字吧——《光芒》

工作（完结篇）

苏诺和王雨见面的地点没有定在学校，那里有两人太多的回忆，苏诺约王雨在一个公园门口见面。

上午九点，苏诺准时来到门口，见到了王雨，她正对着公园门口，往里面看着。

苏诺走过去，拍了她一下，她回头，笑了。

真的是好久不见了，苏诺觉得她……更好看了，而她看苏诺的目光也"大胆"了，稳稳的，定定的。

苏诺笑了一下，想用这笑缓解什么，索性又拍了一下她的胳膊："大姑娘了，漂亮了！"

"你这个人，"王雨说，"总这样，好像你比我大多少似的。"

苏诺去买票，两人走进了公园。

两人各怀心事在路上走着，随便聊着什么，话头很散，偶尔彼此看一眼。王雨的目光真的很大胆，是那种苏诺不撤目光她就对视的"大胆"，苏诺不敢对视，敢紧"撤掉"。

渐渐地，王雨比较放松和活跃了，一会儿跳起来去碰一下垂下来的树枝，一会儿跑到前面去看一个童车里的小孩，平时那么文静的女孩，忽然变得活泼，苏诺还真有点不"适应"。

渐渐地，两人走到公园中间的一个休息区。

休息区中心有一个圆形花坛，四周有一些长椅，天气真的很好，阳光很足，有老人坐在花坛边长椅上，不做什么，把着拐静静看着前方；有人躺在长椅上，脸上盖了张报纸；还有就是两对情侣，正低头说着什么……再有，就是情侣模样的，比如苏诺和王雨，走进来。

王雨这时候"老实"下来了，不吱声，脚步也很慢。苏诺也不怎么说话……两人好像都意识到要在这里停留，并且说些什么，有一种气氛形成了，它好像将孕育什么。

但在苏诺看来，却是要结束什么。

王雨突然显得有点……乖，而苏诺呢，他的感觉很复杂，当他走进来时，他突然被这里的气氛感染了，觉得生活是如此安静安详，在这种感觉下，他发现自己其实对人生的要求并不多，仿佛有了眼前的一切，珍惜眼前的一切就够了。

那么，如果他一生都能这么想，是不是就可以……和王雨在一起？

但是他不能总是这样安详吧，爱情，可以一步步走向安详，但不能从安详开始，再走向安详。

两人挑了一个地方坐下，靠得很近，王雨没有像往常那样特意保持距离，她坐下后眼睛就看着前方，开始时若有所思，随即盯着一个小孩看，渐渐地看得津津有味，后来干脆侧身转头，目光跟着小孩的脚步走，好像已忘了来此地的目的……

她能忘吗？

这个目的又是什么呢？

苏诺知道自己是来决断的，但他不知道能否就在下面几分钟就把话说出来，同时他也感到心中还是有那种冲动——期待着能发生什么，然后……握住她的手，尽管这冲动只是一闪而过。

王雨终于把目光收了回来，她看着前方，一点余光也不给苏诺，嘴边也没有笑意，很从容很安静。

仿佛她在"逼"他说些什么，或者她也感受到一种气氛的存在，她想让两人专注于这气氛中，再不出离。

必须说点什么了。

苏诺开口了，声音很飘，好像话是从外面来到嘴边的。

"你害怕遗憾吗？"

"什么遗憾？"

"两个人，在一起，或者……不在一起的遗憾……"

"什么意思？"

是啊，这话什么意思？

苏诺想再解释一下，他的本来意思是：如果以后碰到让自己更动心的人，你会遗憾吗？但这时王雨开口了："如果两人很……很好，在一起不会有遗憾；如果两人很好，那么，那么……"

不知为何，苏诺的心一下提起来。

王雨轻呼了口气，说："那么……即使以后不在一起了……也不遗憾。"

苏诺的心一抖……

王雨没有明白他本初的意思，但这话明显是……表白。

而她，说出这话得需要多大勇气呀。

苏诺用眼角的余光去看王雨,她一动不动,她的头好像也僵在那了,不知为何,一种近于心疼的感觉浮上来,如果此时王雨转过头看他,对他一笑,而笑容中又有着十足的期待,苏诺很可能伸出手,紧紧握住她的手,不松开……

一生一世不松开。

苏诺觉得手好像有些抖……

好像它已不属于自己,因为它自作主张地动了一下,向王雨那边靠了一下。

是的,靠了一下!

苏诺心一惊,而噌地一下,他站了起来,向前迈了一步,为掩饰什么,他赶快又轻走了几步,向着远处慢走了几步……

好在,好在王雨并没有再说什么。

是"好在"吗?真的是"好在"吗?

不知道……不,苏诺知道,是的,就在他猛地站起的时候,在没有真的去握王雨的手的时候,他清楚自己内心真正的选择了,尽管之前也知道,但这一刻,几乎凭借"本能"做的决定(站起身),他就"真的"明白了……而且,他也知道,再不说,真的有可能冲动行事,真的可能会做出违背本心的决定,而那个决定,真的,会在以后……对王雨有所伤害。

想到……对王雨的伤害,苏诺……有一点平静了,而且,是在……"心底深处",有一些平静了……

他走回来,重新坐下来。

"你还考研吗?"王雨问她。

"考。"苏诺开始用这个"未定的决定"为自己的"决断"做铺垫。

"还是北京?"

"是。"

"毕业后还是不回来?"

"我,恐怕是不能回来了。"

王雨笑了,笑了一下。

几分钟内两人都没有说话。

"我真的不知道该不该回来。"苏诺突然冒出一句。这话吓了他自己一跳,他立刻问自己:苏诺,又犹豫了吗?

"有什么该不该的,这儿也没什么人强拉你回来。"王雨说。

苏诺的心一动,一句话要冲上来:"那么你呢?"

这话就在嘴边,而此时王雨的眼睛也望过来,看着她清澈的目光和目光中已升上来的期待,苏诺在心里大喊了一句:"苏诺,你,你对得起这个女孩吗?你还在贪恋着什么?"

他避开她的目光,说:"是啊,不回来了,而且……"苏诺狠狠心说:"将来也在那儿找个女孩成家了。"

……

说完最后这句没由头的话,他转头看王雨,王雨不看他,只给他一个侧脸,目光幽幽,然后一回头望向他(苏诺的心一抖)说:"你是对的,你为此付出这么多努力,是不该再回来了。"

过了一会儿她接着说:"再回来……我,都替你遗憾……"苏诺的鼻子有点发酸。

"你将来会有大出息的……"王雨接着说。

两人沉默了一会儿,王雨拽了拽苏诺:"咱们走吧。"

"好吧。"

两人走出了这个休息区，告别了这里，对苏诺来说，告别了一种……可能的人生。

两人无声地走着，过了一会儿，王雨开始专注地踢着一个小石头，然后和苏诺讲自己小时候最爱踢小石头，放学了踢一个小石头一直踢到家门口，第二天上学，再找它，像找宝贝似的找它，再向学校踢……

看着她专心致志的样子，苏诺心一动，忍不住也上去踢了一下，王雨笑了，上前一步，也踢了一下。

而苏诺，也继续上前踢着，王雨追上前，接着踢……

两人就这样交换着踢，仿佛两个孩子玩着游戏……渐渐地，两人都有些乐此不疲，似乎忘记了刚才发生的事。

但怎么会忘记呢？

不管怎样，在此时，苏诺清楚地知道：刚才的决定是正确的，两人其实就该这样简单地在一起，做少年时两个玩石子的孩子，做年轻时以及一生中永远的——朋友。

让轻松、单纯、美丽，以及温暖和感动，成为两人之间永远的石子，永远地这样"踢来踢去"……

一生一世。

几个月后，在周末的一天，苏诺去逛书店，无意中看到了一本书：

《罗曼·罗兰传》。

火红的封面，一张略带忧郁的面孔，目光深邃，表情凝重……

很随意地，他把这本书从书架上抽了出来。

　　之后的某一天，在尝试"梦想第二战场"的努力之外，他加入一项新的梦想，让他热血沸腾的梦想：

　　以自己的方式，保卫人类的伟大成就，撰写——人类心灵光芒史。

　　而他要最先完成的，是他的——《光芒》。

　　接下来，是长达十年的努力。

　　十年之中，有一些特别的时刻值得记忆。

　　十年中的某一天。

　　某一个时刻，苏诺突然很为自己感到骄傲。

　　他已经利用工作之外的时间做了许多很有意义的事情。

　　工作之外，他帮助了许多人，从残疾人到轻生者，从高龄老人到癌症患者，从特困老人到绝症儿童。

　　做这些事情的时候，别人称他为志愿者，他则在潜意识里觉得自己是记者，实现并且践行着自7岁时就有的梦想的"记者"。

　　当然，最令他骄傲的是，他实现了人生奋斗形式的重要转变，上学时，一想起未来，首先想到理想，而理想又必与工作有关。现在他知道，以后的日子，虽然每天只有早晨以及下班后的时间以及周末属于自己，人生价值的实现也是必然！

　　人生价值的实现从来不缺时间。

　　自己的任务，就是让工作外的时间成为最有价值的时间，在这些时间里，对生命价值的追求更加积极更加炽热！既然八小时工作只是为了生存，那么，失去了生命三分之一的时间，其他时间里，必须拥有三倍于以往的力量、热情与毅志！

这个世界没有一种东西会白白失去！

生命的战舰被狠狠击中，但就在它貌似沉没时，总会落下一个小小的救生筏，乘上它，稍稍忍受一下巨浪的颠簸，就能再次找到波光粼粼海面上的生命舰群，它们仍然旗帜飘扬、汽笛长鸣……

十年中的某一天。

面对现在的一切，苏诺心中充满感激。

如此激情而又有意义的生活，居然在工作多年后仍能找到，确切地说，遭遇生命最大的激情，最大的意义，竟然是在工作之后！

多少人感慨说，越是工作，生命力越萎缩，自己却走着相反的路线，甚至于，生命妙不可言的滋味刚刚开始！

生命的大宴刚刚开始！

因为伟大梦想以及工作之外一切有意义的行动——刚刚开始！

一个人，永远没有资格说生活如何不好，在他内心最隐蔽、最庞大的生命冲动被调动之前，永远没有资格这样说！

凡生于世，内心必有潜在的博大的生命能量的冲动，这种冲动注定会因为某个东西某一目标蠢蠢欲动，乃至最终喷薄而出！

生命，它来到世上，就注定有一次属于它的爆发与辉煌！

在那一刻，生命真正在生命的力量中！

而也唯有爆发后，才有资格对生命下结论，最后的结论！真正的结论！

那么是不是说，对生命而言，唯有美好的，才是最后的结论？

十年中的某一天。

苏诺更加清楚"为人类创造伟大成就"中的"伟大成就"是什么！

那是一个大集合、大团体，一个博大、灿烂的综合！

它们是使人们生活得美好而作的一切努力。

它们是使人类更有人性光芒，更有价值所作的一切努力。

它们是使千千万万人摆脱现有苦痛的一切努力。

它们是让千千万万人在各方面受益的一切成果。

它们是使普通人最大限度接近幸福的一切努力。

它们是使人们具有无限活力，能够无限超越，无限飞扬的一切努力。

它们是一切以美好、善良、纯洁为初衷的行动。

它们是让生命在各种困境中继续昂扬的一切奋争。

它们是所有让生命具有更丰富更广博可能性的一切探寻。

最重要的，它们是以上的一切都处在——热情甚至奔腾状态下的——人生奋斗。

最终，它们是人类精神躯体奔流的血液、健跑的四肢以及……温暖的怀抱。

十年中的某一天。

苏诺对自己的未来充满好奇：

从现在，一直到年老，乃至死去，我还要经历怎样的波折与烦恼、压力与沮丧，乃至绝望？

与他人不同的是，我有近于磅礴的热爱生命的力量，对伟大梦想全力追求的力量，将善念责任一次次付诸实践的力量，在这些力量下，我将取得一次次怎样的胜利！

那又是怎样一个过程？

如果真能做到这点，几十年都是以现在的状态和价值奋斗，那将是怎样的生活！甚至从某种意义说，我完全可以写就一部生活意义的力作，如果换一个文笔更好和更有心力的人来写，也许会把它写成一部世界名著！

也或许，每个人的生命本身，都可以成为一部世界名著。

十年中的某一天。

苏诺希望能为世间建立一个由自己写就的阳光图书馆。

他甚至郑重许诺——

未来几十年，我要撰写几十本阳光大书。

它们在此时就已属于我！它们藏于时光暗河之下，如珊瑚般美丽，等待着我，在未来，无论何时我不能写、不想写它们，都会有一个声音出现：本来，将有那么多阳光书籍出现在你笔下，你真的不写吗？

我能拒绝这声音吗？

几十年，几十本书！上千万字的阳光文字！

我的生命，注定要面对几十次巨大诱惑，几十次心潮起伏，几十次为世间作出贡献之后——某一刻的心静，以及心静中感受到的更加美好的一切……

未来，我要写的一切……

　　只要仍在生命核心处，就在寻找并创作这些书稿的冲动中，就在上千万阳光文字的呵护下！是的，仿佛这上千万阳光文字已然出现！而我就在它的呵护下！

　　仿佛我不是在创作阳光书系，而是走向一个温暖的怀抱！

　　未来，已不是时间，而是怀抱！

　　而我，将坚定地走向它，毕竟，一个想象让我激动不已：

　　这世间，真的凭空多出上千万阳光文字，以及它对世间浩荡的价值贡献，而多出的这一切，居然由一个人，由"一个人"的一生辉煌扛起！

　　2002年元旦。

　　苏诺站在窗前，看着外面的万家灯火。

　　黑夜之中的灯火有种缤纷的安静，灯火之中，有些是阳台的装饰彩灯，红绿蓝紫交相闪烁，很窄的阳台变成小巧的舞台；更多则是屋内桔色的灯光，层层叠叠，像温暖席卷而来。

　　几天前，苏诺已经完成了他的《光芒》，不久之后，他将借助多年搜集的几百本人物传记——撰写他的"人类心灵光芒史"，而在现实生活中，他也将在更多的领域去帮助更多的人……

　　苏诺抬起头望向星空，他想起，有谁说过：夜晚的星星是死去的君王在望着我们。这样一想，他竟有些激动，好像有谁真的在看着他。

　　半个多小时内，苏诺就这样站着，看着窗外，也"看"着自己的整个青春时代。

　　最后，他的心中出现这样一句话：

　　面对这个世界，我可以作证——

　　生命，确实是美丽的。